KB269962

숲에서 길을 잃다

Lost in the Forest

DARAKWON

About Wise & Wide

- 렉사일 지수(Lexile® measures)에 맞춘 체계적인 6단계 영어 독서 프로그램
- 우리나라와 세계의 초등 교과 과정을 분석해 뽑은 다채롭고 흥미로운 주제
- 스토리, 설명문, 명작 리라이팅 등 다양한 형식의 새롭고 유익한 읽을거리
- 정보와 재미, 논픽션 학습과 픽션 학습의 장점을 한 번에!
- 탄탄한 독후 활동으로 쑥쑥 자라는 사고력

Wise & Wide는 렉사일 지수(Lexile® measures)를 기준으로 각 단계를 체계적으로 나눈, 총 60권 구성의 6단계 영어 독서 프로그램입니다. 렉사일 지수는 미국 정규 공교육 과정과 여러 영어 프로그램에서 가장 많이 사용되는 영어 독서 지수입니다. 미국 50개 주 가운데 21개 주에서 렉사일 지수를 학기말 시험(End of Grade) 성적표에 직접 표시하며, 세계적으로 저명한 300개 이상의 출판사들이 렉사일 지수를 채택하여 사용하고 있기도 합니다. 우리나라와 미국, 영국, 호주 등 세계 초등 교과 과정을 분석해 뽑은 흥미로운 주제로 미국, 영국의 우수한 작가들이 집필한 다양한 종류의 읽을거리를 만나보세요. 도표(organizer) 완성, 자기 생각 말하기, 독후 테스트 풀기 등 탄탄한 독후 활동도 준비되어 있습니다.

시리즈 수준 & 렉사일 지수

시리즈 단계	렉사일 지수	미국 학년 (U.S. Grade)
Level 1	200L 이하	Pre K - K
Level 2	190L - 400L	Lower Grade 1
Level 3	350L - 530L	Upper Grade 1
Level 4	420L - 650L	Grade 2
Level 5	520L - 940L	Grade 3 - 4
Level 6	830L - 1070L	Grade 5 - 6

* 똑똑한 영어 읽기 Wise & Wide 시리즈의 1단계는 미국의 미취학 수준에 해당합니다.
* 렉사일 지수와 미국 학년과의 관계 출처: CCSS(Common Core State Standards) FOR ENGLISH LANGUAGE ARTS, APPENDIX A (2012, 미국 45개 주에서 사용 중)

How to Use This Book

●Before Reading

어떤 분야, 어떤 종류의 이야기를 읽게 될지, 줄거리는 어떠한지 미리 쉽게 알아 볼 수 있어요.

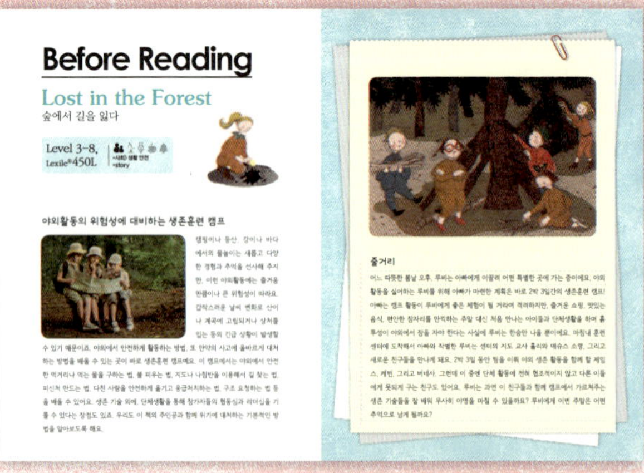

●영어 본문

미국, 영국의 우수한 작가들이 집필하여 각 단계의 수준에 맞는 영어 문장·표현의 참맛을 제대로 느낄 수 있어요.

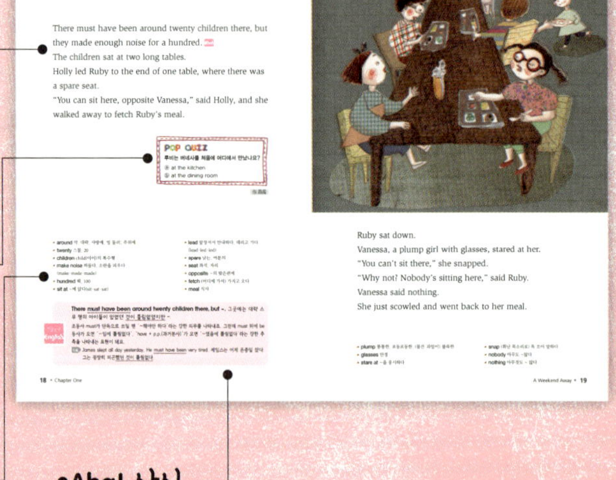

●Pop Quiz

쪽지 시험처럼 핵심을 찌르는 퀴즈로 해당 페이지의 내용을 잘 이해하고 있는지 바로 확인해 보세요.

●어휘 설명

일일이 사전을 찾아보지 않아도 주요 어휘와 표현의 뜻을 알 수 있어요.

●Aha! 상식

Aha! 표시가 붙어 있는 문장에 대한 설명은 여기서 확인하세요. 문화 상식, 영어 구문이나 문법 상식, 그리고 과학·경제 상식까지! 각 분야의 상식들이 알차게 들어 있어 읽는 재미가 두 배예요.

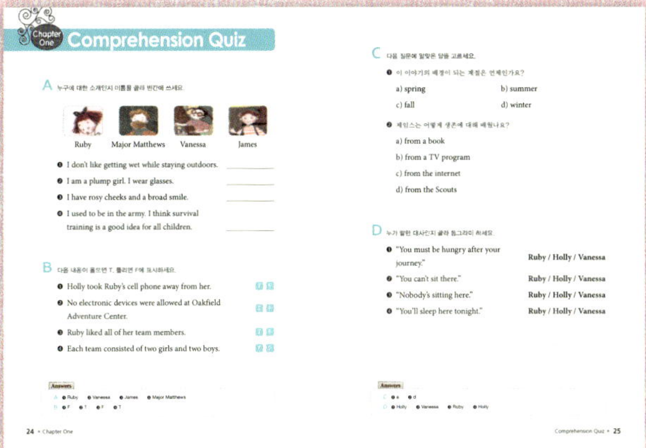

•Comprehension Quiz

한 chapter를 다 읽은 후에는 다양한 문제를 풀어보며 내용을 제대로 이해했는지 정리하고 넘어가세요.

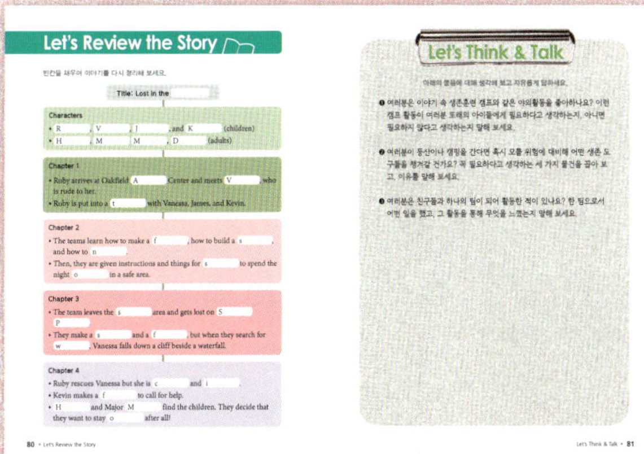

•Let's Review the Story /
•Let's Think & Talk

Organizer의 빈칸을 채우며 전체 이야기를 요약하고, 질문에 답하며 내 생각과 느낌을 자유롭게 정리해 봐요. 훗날 논술에 대비할 논리력과 사고력을 기를 수 있어요.

부록

Audio CD

책의 내용이 그대로 담긴 오디오 CD. 오디오 극장처럼 생생하고 재미있는 음원을 만나보세요. (MP3 파일 PC·모바일 무료 다운로드)

온·오프라인 독후 테스트 & 온라인 단어 퀴즈·단어 리스트

독후 테스트는 책 또는 온라인으로 풀어볼 수 있어요. 온라인으로 풀면 좀 더 자세한 응시 결과와 함께, 전체 응시자들과 비교했을 때 내 실력이 어느 정도 위치인지도 알아볼 수 있어요.

추가로 제공되는 온라인 단어 퀴즈도 풀어보시고, 단어 리스트도 PC나 모바일로 무료로 다운로드 받으세요.

www.darakwon.co.kr

Before Reading

Lost in the Forest
숲에서 길을 잃다

Level 3-8,
Lexile® 450L

• 사회〉 생활 안전
• story

야외활동의 위험성에 대비하는 생존훈련 캠프

캠핑이나 등산, 강이나 바다에서의 물놀이는 새롭고 다양한 경험과 추억을 선사해 주지만, 이런 야외활동에는 즐거움만큼이나 큰 위험성이 따라요. 갑작스러운 날씨 변화로 산이나 계곡에 고립되거나 상처를 입는 등의 긴급 상황이 발생할 수 있기 때문이죠. 야외에서 안전하게 활동하는 방법, 또 만약의 사고에 올바르게 대처하는 방법을 배울 수 있는 곳이 바로 생존훈련 캠프예요. 이 캠프에서는 야외에서 안전한 먹거리나 먹는 물을 구하는 법, 불 피우는 법, 지도나 나침반을 이용해서 길 찾는 법, 피신처 만드는 법, 다친 사람을 안전하게 옮기고 응급처치하는 법, 구조 요청하는 법 등을 배울 수 있어요. 생존 기술 외에, 단체생활을 통해 참가자들의 협동심과 리더십을 기를 수 있다는 장점도 있죠. 우리도 이 책의 주인공과 함께 위기에 대처하는 기본적인 방법을 알아보도록 해요.

줄거리

어느 따뜻한 봄날 오후, 루비는 아빠에게 이끌려 어떤 특별한 곳에 가는 중이에요. 야외 활동을 싫어하는 루비를 위해 아빠가 마련한 계획은 바로 2박 3일간의 생존훈련 캠프! 아빠는 캠프 활동이 루비에게 좋은 체험이 될 거라며 격려하지만, 즐거운 쇼핑, 맛있는 음식, 편안한 잠자리를 만끽하는 주말 대신 처음 만나는 아이들과 단체생활을 하며 흙 투성이 야외에서 잠을 자야 한다는 사실에 루비는 한숨만 나올 뿐이에요. 마침내 훈련 센터에 도착해서 아빠와 작별한 루비는 센터의 지도 교사 홀리와 매슈스 소령, 그리고 새로운 친구들을 만나게 돼요. 2박 3일 동안 팀을 이뤄 야외 생존 활동을 함께 할 제임스, 케빈, 그리고 버네사. 그런데 이 중엔 단체 활동에 전혀 협조적이지 않고 다른 이들에게 못되게 구는 친구도 있어요. 루비는 과연 이 친구들과 함께 캠프에서 가르쳐주는 생존 기술들을 잘 배워 무사히 야영을 마칠 수 있을까요? 루비에게 이번 주말은 어떤 추억으로 남게 될까요?

Contents

Lost in the Forest

숲에서 길을 잃다

숲에서 길을 잃다

Lost in the Forest

A Weekend Away

주말 여행

"But why do I have to go?"

Ruby folded her arms and scowled.

"I want to go shopping with Mom.

I don't want to spend the weekend getting wet and

dirty."

"It'll be good for you," said Dad.

"You don't get outdoors enough.

Anyway, it's not that cold.

It's spring, after all, and they'll give you all the right

clothes to wear."

- **weekend** 주말
- **away** (시간·공간적으로) 떨어져, 다른 데로
- **have to + 동사원형** ~해야 하다(have-had-had)
- **fold one's arms** 팔짱을 끼다(*cf.* fold 접다)
- **scowl** 노려보다, 쏘아보다
- **want to + 동사원형** ~하기를 원하다
- **go shopping** 쇼핑하러 가다(go-went-gone)
- **spend** (시간을) 보내다, (돈을) 쓰다(spend-spent-spent)
- **get wet** 물에 젖다(*cf.* wet 젖은, 마르지 않은)
- **dirty** 더러운, 지저분한

- **be good for** ~에 좋다
- **outdoors** 야외, 전원; 야외에서
  (*cf.* outdoor 야외의)
- **enough** 충분히; 필요한 만큼의, 충분한
- **anyway** 어쨌든, 게다가, 그래도
- **after all** 어쨌든, 결국에는
- **right** 맞는, 정확한, 올바른, 오른쪽의
- **clothes** 옷, 의복
- **wear** (옷을) 입다(wear-wore-worn)

At last, they turned into a narrow lane.

A sign at the entrance said, *Oakfield Adventure Center.*

At the end of the lane was a low, stone building.

Beyond it were fields, which gave way to hills and then

mountains.

- **at last** 마침내
- **turn** 돌다, 돌리다
- **narrow** 좁은
- **lane** (시골에 있는 좁은) 길, 도로, 차선
- **sign** 표지판, 간판, 신호
- **entrance** 입구, 문
- **adventure** 모험, 모험심
- **at the end of** ~의 끝에
- **low** (높이·위치가) 낮은

- **stone** 돌, 석조, 돌멩이
- **building** 건물, 빌딩
- **beyond** ~ 저편에, ~ 너머
- **field** 들판
- **give way to** ~로 바뀌다[대체되다], ~에 양보하다(*cf.* way 길, 방식, 방법)
- **hill** 언덕
- **then** 그다음에, 그렇다면, 그때, 그러니까
- **mountain** (높은) 산

The tops of all the mountains were cloaked in mist.

A thick forest covered the tallest mountain.

"That's Survivor's Peak beyond those hills," said Dad.

"You won't be going up there.

It's very dangerous.

There are steep cliffs.

People have been killed falling down them."

"Why is it called Survivor's Peak?" asked Ruby.

"A team of climbers had an accident there," said Dad.

"There was only one survivor."

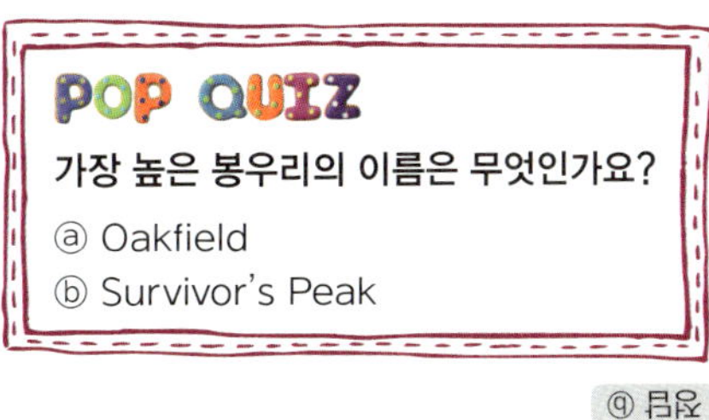

- **top** 꼭대기, 정상, 최고
- **cloak** ~을 가리다
- **mist** 엷은 안개
- **thick** (나무가) 울창한, (안개가) 짙은, 두꺼운
- **forest** 숲
- **cover** 가리다, 덮다
- **tallest** 가장 높은, 가장 키가 큰(tall의 최상급)
- **survivor** 생존자, 살아남은 사람
- **peak** 봉우리, 꼭대기, 정상
- **won't** will not의 축약형
- **go up** 올라가다

- **dangerous** 위험한
- **steep** (경사면이나 언덕이) 가파른
- **cliff** 절벽
- **fall down** 굴러떨어지다, 쓰러지다(fall-fell-fallen) (*cf.* fall 넘어지다, 떨어지다; 하락, 추락, 가을)
- **call** ~라고 부르다, 외치다
- **a team of** 한 팀의, 한 조의
- **climber** 등반가(*cf.* climb 오르다, 등반하다)
- **accident** 사고, 재해
- **only** 유일한; 오직, 오로지

A young woman came out of the building.

Her blonde hair was tied back in a ponytail.

"You must be Ruby!" she exclaimed.

"Welcome to Oakfield.

My name is Holly.

We've been expecting you."

"It's great to meet you, Holly," said Dad, getting out of the car to shake Holly's hand.

Ruby mumbled a quick hello.

- **come out of** ~에서 나오다(come-came-come)
- **blonde** 금발인
- **hair** 머리카락, 털
- **tie** (끈으로) 묶다, 묶어 두다
- **ponytail** 포니테일(긴 머리를 뒤로 묶어 망아지 꼬리처럼 늘어뜨린 형태)
- **must** ~임이 틀림없다, ~해야만 하다
- **exclaim** 소리치다, 외치다

- **welcome to** ~에 온 것을 환영하다
- **expect** (오기로 되어 있는 대상을) 기다리다, 기대하다
- **get out of** ~에서 나가다(get-got-gotten)
- **shake one's hand** 악수하다(shake-shook-shaken) (*cf.* shake 흔들다 / hand 손; 건네주다, 넘겨주다)
- **mumble** 중얼거리듯 말하다
- **quick** 재빠른, 신속한

"Come on in," said Holly.

"I'll introduce you to your camp mates."

Ruby got out of the car slowly.

Dad unloaded her bags and gave her a quick hug.

Then, he got back into the car and drove away.

Ruby wanted to run after him.

Instead, she followed Holly indoors.

- **Come on in.** 들어오세요.
- **introduce A to B** A를 B에게 소개하다
- **camp** (방학 동안 특별활동을 하는) 캠프, 텐트, 야영지; 야영하다
- **mate** 친구, 동료
- **unload** (자동차·선박에서) 짐을 내리다
- **bag** 가방, 봉투, 자루
- **hug** 포옹
- **get back into** ~에 돌아가다
- **drive away** 차를 몰고 떠나다(drive-drove-driven)
- **run after** ~을 따라가다, ~을 뒤쫓다(run-ran-run)
- **instead** ~ 대신에
- **follow** (~의 뒤를) 따라가다, (지시를) 따르다
- **indoors** 실내로, 실내에서(↔ outdoors)

They went through a large hallway.

Then, they turned left into a corridor that had doors on
both sides.

"This is your bedroom," explained Holly, opening one of
the doors.

There were two sets of bunk beds against the walls.

"You'll sleep in here with three other girls," said Holly.

"Well, you'll sleep here tonight.

Tomorrow, you'll be sleeping outdoors."

Ruby couldn't believe her ears.

This room looked bad enough, but there was no way she was going to sleep outdoors. **Aha!**

Not in a million years!

Holly kept on smiling.

"The others have just started dinner.

You must be hungry after your journey."

Ruby wasn't hungry at all; in fact, she felt a little sick.

But she followed Holly back down the corridor, across the hallway and into a large, noisy dining room.

- **go through** ~을 통과하다(*cf.* through ~을 통해)
- **hallway** 복도, 통로(= corridor)
- **turn left** 왼쪽으로 돌다
- **both** 둘 다의, 양쪽 모두
- **side** 측면, 쪽
- **explain** 설명하다
- **a set of** 한 벌의
- **bunk bed** 2단 침대
- **other** (그 밖의) 다른; 다른 사람
- **tomorrow** 내일
- **believe** 믿다
- **look** ~해 보이다, 보다

- **(there is) no way** 절대 ~ 안 된다, 절대로 ~ 아니다
- **not in a million years** 절대로 ~하지 않다
- **keep on + 동사원형-ing** 계속 ~하다(keep-kept-kept) (*cf.* keep (어떤 상태를) 유지하다, 유지하게 하다)
- **hungry** 배가 고픈
- **journey** 여행, 여정
- **not ~ at all** 전혀 ~이 아니다
- **in fact** 사실은
- **feel sick** 속이 좋지 않다(feel-felt-felt)
- **across** ~을 가로질러
- **noisy** 시끄러운(*cf.* noise 소음)
- **dining room** 식당

Aha! English

This room looked bad enough, but ~. 이 방은 충분히 <u>나빠 보였다</u>, 그러나 ~.

어떤 사물이나 사람이 '~하게 보인다'는 의미는 'look + 형용사'로 표현할 수 있어요. 이 외에도 '~한 냄새가 나다'는 'smell + 형용사', '(촉감 등이) ~하게 느껴진다'는 'feel + 형용사' 등을 활용해 표현할 수 있어요.

ex. You <u>look sad</u>. 너 <u>슬퍼 보인다</u>.
That <u>smells great</u>! 그거 <u>좋은 냄새가 난다</u>!
This <u>feels really smooth</u>. 이거 정말 <u>매끄럽(게 느껴진)다</u>.

There must have been around twenty children there, but they made enough noise for a hundred. 

The children sat at two long tables.

Holly led Ruby to the end of one table, where there was a spare seat.

"You can sit here, opposite Vanessa," said Holly, and she walked away to fetch Ruby's meal.

ⓑ 답정

- **around** 약, 대략, 사방에, 빙 둘러; 주위에
- **twenty** 스물, 20
- **children** child(아이)의 복수형
- **make noise** 떠들다, 소란을 피우다
  (make-made-made)
- **hundred** 백, 100
- **sit at** ~에 앉다(sit-sat-sat)

- **lead** 앞장서서 안내하다, 데리고 가다
  (lead-led-led)
- **spare** 남는, 여분의
- **seat** 좌석, 자리
- **opposite** ~의 맞은편에
- **fetch** (어디에 가서) 가지고 오다
- **meal** 식사

There must have been around twenty children there, but ~. 그곳에는 대략 스무 명의 아이들이 있었던 것이 틀림없었지만 ~.

조동사 must가 단독으로 쓰일 땐 '~해야만 하다'라는 강한 의무를 나타내죠. 그런데 must 뒤에 be 동사가 오면 '~임에 틀림없다', 'have + p.p.(과거분사)'가 오면 '~였음에 틀림없다'라는 강한 추측을 나타내는 표현이 돼요.

ex. James slept all day yesterday. He must have been very tired. 제임스는 어제 온종일 잤다. 그는 굉장히 피곤했던 것이 틀림없다.

Ruby sat down.

Vanessa, a plump girl with glasses, stared at her.

"You can't sit there," she snapped.

"Why not? Nobody's sitting here," said Ruby.

Vanessa said nothing.

She just scowled and went back to her meal.

- **plump** 통통한, 포동포동한, (물건·과일이) 불룩한
- **glasses** 안경
- **stare at** ~을 응시하다
- **snap** (화난 목소리로) 톡 쏘아 말하다
- **nobody** 아무도 ~않다
- **nothing** 아무것도 ~ 않다

After dinner, everyone gathered in the main meeting room.

Ruby slid her cell phone from her pocket and began to text her mom.

Come and get me, she wrote.

It's horrible here.

She was just about to press "send" when a hand swooped down from behind her.

"No phones, tablets, computers or other electronic devices allowed," said a male voice.

"You can have it back after the weekend."

- **gather** 모이다, 모으다
- **main** 주요한, 가장 큰
- **meeting room** 회의실
- **slide** 미끄러지듯이[슬며시] 움직이다, 넣다, 미끄러지다(slide-slid-slid)
- **cell phone** 휴대전화
- **begin** 시작하다(begin-began-begun)
- **text** (휴대전화로) 문자를 보내다; 본문
- **write** 쓰다(write-wrote-written)
- **horrible** 끔찍한, 못된, 불쾌한
- **be about to + 동사원형** 막 ~하려는 참이다
- **press** 누르다
- **swoop** 위에서 덮치다
- **tablet** 태블릿(무선 인터넷 기능이 있는 모바일 컴퓨터), 알약
- **electronic** 전자의
- **device** 기구, 장치

- **allowed** 허락된(*cf.* allow 허락하다)
- **male** 남성의, 남자의; 남성, 남자
- **voice** 목소리
- **have a chance to + 동사원형** ~할 기회가 있다
- **protest** 항의하다; 항의, 반대
- **take away** 가져가다(take-took-taken)
- **stand** 서다(stand-stood-stood)
- **front** 앞쪽, 앞부분
- **boom** 울리는 목소리로 말하다
- **major** (군대의) 소령; 주요한
- **learn about** ~에 대하여 배우다
- **survival** 생존
- **develop** 성장시키다, 발달하다, 개발하다
- **confidence** 자신감
- **courage** 용기
- **each** 각각의
- **consist of** ~으로 이루어지다, 구성되다

Before Ruby had a chance to protest, her phone was taken away.

The man went and stood at the front.

"Good evening, everyone!" he boomed.

"My name is Major Matthews.

You are here to learn about survival.

You are also here to develop your own confidence and courage.

You will work in teams of four.

Each team will consist of two girls and two boys."

Major Matthews read out the names.

Ruby was put with two boys called James and Kevin. 

James seemed friendly enough.

He had rosy cheeks and a broad smile.

"I know how to do everything," said James.

"I've done everything before, in the Scouts."

Kevin didn't say anything.

He kept his head down and wouldn't look at anyone.

"And the fourth member of your team is…" said Major Matthews.

Ruby groaned as the name was read out.

"…Vanessa!"

- **read out** ~을 소리 내 읽다(read-read-read)
- **put** (특정 장소나 위치에) 넣다, 두다, 놓다(put-put-put)
- **seem** (~인 것처럼) 보이다
- **friendly** 친절한
- **rosy** 장밋빛의, 발그레한
- **cheek** 볼, 뺨
- **broad smile** 함박웃음(*cf.* broad (폭이) 넓은)

- **know** 알다(know-knew-known)
- **how to + 동사원형** ~하는 방법
- **the Scouts** 스카우트(청소년 단체)
- **look at** ~을 보다
- **fourth** 네 번째의
- **groan** 신음 소리를 내다; 신음 소리

Aha! English

Ruby was put with two boys called James and Kevin. 루비는 제임스와 케빈이라고 하는 두 명의 남자아이들과 같은 팀으로 배정되었다.

주어가 직접 행동한 것이 아니라 어떤 행동을 '당하는' 것을 표현할 때는 'be + p.p.(과거분사)' 형태로 써요. 여기서 루비는 팀으로 '배정되었다'는 과거의 일이니까 was put으로 썼어요.

ex. The thief was arrested by the police. 그 도둑은 경찰에 의해 체포됐다.

Comprehension Quiz

A 누구에 대한 소개인지 이름을 골라 빈칸에 쓰세요.

 Ruby
 Major Matthews
 Vanessa
 James

❶ I don't like getting wet while staying outdoors. ___________

❷ I am a plump girl. I wear glasses. ___________

❸ I have rosy cheeks and a broad smile. ___________

❹ I used to be in the army. I think survival
training is a good idea for all children. ___________

B 다음 내용이 옳으면 T, 틀리면 F에 표시하세요.

❶ Holly took Ruby's cell phone away from her. T F

❷ No electronic devices were allowed at Oakfield
Adventure Center. T F

❸ Ruby liked all of her team members. T F

❹ Each team consisted of two girls and two boys. T F

Answers

A ❶ Ruby ❷ Vanessa ❸ James ❹ Major Matthews
B ❶ F ❷ T ❸ F ❹ T

C

다음 질문에 알맞은 답을 고르세요.

❶ 이 이야기의 배경이 되는 계절은 언제인가요?

  a) spring   b) summer

  c) fall   d) winter

❷ 제임스는 어떻게 생존에 대해 배웠나요?

  a) from a book

  b) from a TV program

  c) from the internet

  d) from the Scouts

D

누가 말한 대사인지 골라 동그라미 하세요.

❶ "You must be hungry after your journey."   **Ruby / Holly / Vanessa**

❷ "You can't sit there."   **Ruby / Holly / Vanessa**

❸ "Nobody's sitting here."   **Ruby / Holly / Vanessa**

❹ "You'll sleep here tonight."   **Ruby / Holly / Vanessa**

Answers

C   ❶ a   ❷ d

D   ❶ Holly   ❷ Vanessa   ❸ Ruby   ❹ Holly

Survival Skills

생존 기술들

The next morning, the team learned how to make a fire and cook on it.

The first task was to collect fuel for the fire.

There were plenty of trees around the center.

It was easy to find sticks and leaves.

- **skill** 기술, 기량
- **next** 다음의, 옆의
- **make a fire** 불을 피우다
- **cook** 요리하다; 요리사
- **first** 첫 번째의; 우선, 맨 먼저
- **task** 일, 과제

- **collect** 모으다, 수집하다
- **fuel** 연료
- **plenty of** 많은(= a lot of)
- **stick** (부러진·떨어진) 나뭇가지, 막대
- **leaves** leaf(나뭇잎)의 복수형

"You need dry sticks that break when you bend them,"
said Holly.

"If they are too green and damp, they won't burn easily.

If they do burn, they will produce a lot of smoke."

They found enough dry sticks for a fire.

Holly showed them how to build
the sticks up in a cone shape.

"That means there will be
plenty of oxygen," she said.

"It will help the fire to burn."

- **need** 필요로 하다, ~해야 하다; 필요, 필요성
- **dry** 마른, 건조한
- **break** 부러지다, 부서지다(break-broke-broken)
- **bend** 구부리다(bend-bent-bent)
- **damp** 축축한, 눅눅한
- **burn** (불이) 타오르다, 불타다
- **easily** 쉽게
- **produce** 만들어내다, 생산하다
- **smoke** 연기
- **find** 찾다(find-found-found)
- **show** 보여주다, 가르쳐주다
- **build** 짓다(build-built-built)
- **cone shape** 원뿔 모양
- **mean** 의미하다(mean-meant-meant); 못된, 심술궂은
- **oxygen** 산소

If they are too green and damp, they won't burn easily. 만일 그것들이 너무 녹색을 띠고 축축하다면, 쉽게 불에 타지 않을 것이다.

if는 '만일 ~라면'이라는 뜻으로 가정을 말할 때 쓸 수 있어요. 여기서 If they are too green and damp는 '만일 그것들이 너무 녹색이고 축축하면'이라는 가정을 나타내요.

ex. If it rains tomorrow, I'll stay home and read books. 만약 내일 비가 오면, 난 집에 머물면서 책을 읽을 것이다.

Vanessa tried, but the sticks fell down.

She kicked them angrily.

"Vanessa," said Holly with a warning in her voice.

"There's no need to behave like that. When it comes to survival, you need to work as a team. Your life could depend on it."

"I don't need a team," snapped Vanessa.

"I'd rather do it by myself."

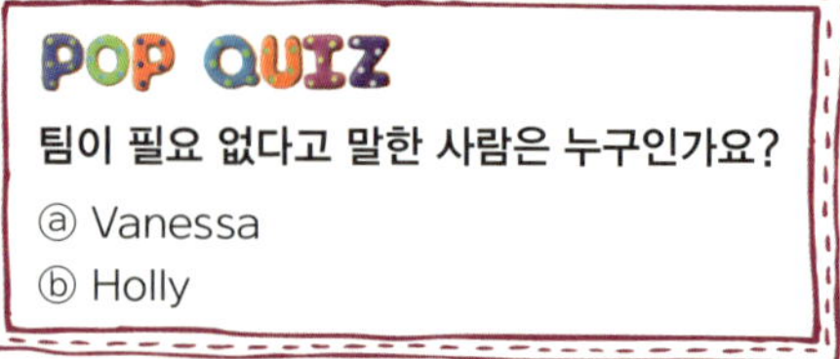

- **try** 시도하다, 노력하다
- **kick** 발로 차다
- **angrily** 화가 나서
- **warning** 경고, 주의(*cf.* warn 주의를 주다, 경고하다)
- **behave** 행동하다, 처신하다
- **when it comes to** ~에 관한 한
- **as** ~으로서
- **life** 생명, 삶
- **depend on** ~에 달려 있다, ~에 의존하다
- **would rather** 차라리 ~하겠다(*cf.* would는 주어와 붙여서 'd로 쓸 수 있음)
- **by oneself** 혼자서

Kevin was good at building the sticks in just the right way.

"Well done," said Ruby.

Kevin glanced at her shyly and gave a quick smile.

Then, he looked away again, toward the distant Survivor's Peak.

It looked even more forbidding than it had this morning.

The top was now hidden in clouds.

- **be good at** ~을 잘하다
- **Well done.** 잘했다., 훌륭하다.
- **glance at** ~을 흘끗 보다
- **shyly** 수줍게, 부끄러워하며
- **give a quick smile** 짧게 미소를 짓다
  (give-gave-given)
- **look away** 눈길을 돌리다
- **toward** ~을 향해, ~ 쪽으로
- **distant** 먼, 멀리 떨어져 있는
- **even** (비교급을 강조하여) 훨씬, ~조차
- **forbidding** 험악한, 으스스한
- **be hidden in** ~ 속에 숨겨져 있다
  (cf. hide 숨기다(hide-hid-hidden))
- **cloud** 구름

The children learned about the fire triangle. 
They were the three things needed to keep a fire burning.

"What are they?" demanded Holly.

"Fuel," said Vanessa.

"Oxygen," said James.

"Heat," said Ruby.

Kevin said nothing, but he listened intently.

- **triangle** 삼각형, 트라이앵글(악기)
- **demand** 강력히 묻다, 요구하다; 요구
- **heat** 열, 열기
- **listen** 주의를 기울여 듣다
- **intently** 골똘하게
- **light** 불을 붙이다(light-lit-lit); 빛; 가벼운, (잠이) 얕은
- **use** 사용하다, 이용하다
- **firesteel(= firestriker)** 발화기(부딪혀서 불꽃을 일으킬 수 있는 고탄소 강철 물체)
- **be made of** ~으로 만들어지다

- **plastic** 플라스틱; 플라스틱[비닐]으로 된
- **bit** 작은 조각, 부분(= piece)
- **metal** 금속
- **scrape** 긁다, 긁어내다
- **spark** 불꽃, 불똥; 불꽃을 일으키다
- **none** 아무(것)도 ~않다
- **useless** 쓸모없는, 소용없는
- **grumble** 투덜거리다, 툴툴거리다
- **either** ~도 역시 아니다

the fire triangle 연소의 3요소
어떤 물질에 불이 붙어서 열과 빛을 내면서 타오르는 것을 '연소'라고 해요. 연소가 일어나려면 연료, 산소, 그리고 불이 붙을 수 있는 일정 온도 이상의 열, 이렇게 세 가지가 필요하답니다. 이 세 가지 중 하나라도 없으면 불이 타지 못하고 꺼지게 돼요.

"Now you need to light it using the firesteel."

Holly handed one to Ruby.

It was made of plastic and two bits of metal.

Holly showed her how to scrape one piece of metal
against another to make a spark.

Ruby made spark after spark, but none of them lit the
sticks.

"You're useless," grumbled Vanessa.

"You try, then," said Ruby.

But Vanessa couldn't light it either.

"We need something more flammable," said Holly.

She handed a small tub of petroleum jelly to Kevin. 

He followed her instructions and smeared it onto a piece of cotton wool.

Kevin sparked the firesteel onto the piece of cotton wool covered in petroleum jelly.

It lit at once, and began to burn.

Ruby smiled, enjoying the warmth on her face.

If it wasn't for Vanessa, this would be quite fun, she thought to herself.

- **flammable** 불에 잘 타는, 가연성의
- **a tub of** 한 통의
- **petroleum jelly** 페트롤륨 연고, 바셀린
  (*cf.* petroleum 석유)
- **instruction** (주로 복수형으로 쓰여) 설명, 지시
- **smear** 문지르다
- **a piece of** 한 조각의
- **cotton wool** 탈지면
- **covered in** ~으로 뒤덮인
- **at once** 즉시
- **warmth** 온기

- **if it wasn't[weren't] for** ~이 없다면, ~이 아니라면
- **quite** 꽤, 상당히
- **fun** 재미있는
- **think to oneself** 마음속으로 생각하다
  (think-thought-thought)
- **second half** 후반부, 후반전
- **shelter** 피신처, 은신처
- **branch** 나뭇가지, 지사, 분점
- **lean A against B** A를 B에 기대어 놓다
- **trunk** 나무의 몸통
- **space** 공간, 자리

petroleum jelly 페트롤륨 연고

1859년 미국의 젊은 화학자인 로버트 체스버로(Robert Chesebrough)는 석유 추출물질에 관한 연구를 하기 위해 펜실베이니아의 유전을 방문했어요. 그곳에서 그는 석유가 지나가는 펌프에서 묻어나오는 찌꺼기 물질에 대해 알게 되었는데, 놀랍게도 유전에서 일하는 일꾼들은 이 물질을 베이거나 화상을 입은 상처에 바르는 약으로 이용하고 있었죠. 로버트 체스버로는 몇 년간의 연구 끝에 이 물질을 이용하여 최초의 페트롤륨 연고를 발명해냈어요. 이어서 그는 이 연고에 새 이름을 붙여 의약품으로 판매하기 시작했는데, 이것이 바로 전 세계적으로 유명한 페트롤룸 연고, 바셀린이랍니다. 피부의 수분과 유분이 날아가지 않도록 막을 형성해 주기 때문에 보습제로 특히 많이 사용되죠.

The second half of the morning was spent building shelters.

They had to find branches.

They leaned the branches against a tree trunk or a wall.

This made a dry space where people could sleep.

But the branches kept falling down.

The children also learned to navigate, using a map and a compass.

By the end of the morning, clouds were gathering.

It looked as though it would start raining soon.

Ruby's heart sank when she thought of the night ahead.

- **navigate** 길을 찾다, 항해하다(*cf.* navigation 운항, 항해)
- **map** 지도
- **compass** 나침반
- **by the end of** ~이 끝나갈 무렵
- **as though** 마치 ~인 것처럼(= as if)
- **heart** 심장, 가슴, 마음
- **sink** 내려앉다, 가라앉다(sink-sank-sunk)
- **think of** ~을 생각하다
- **ahead** (공간·시간상) 앞으로, 앞에, 앞선

That afternoon, Major Matthews
gathered everyone together.
"You've spent the morning
learning survival and navigation
skills," he said.
"Tonight you will use them for real.
Each team will sleep outside.
We have fenced off an area that is two square miles.
You may set up your camp anywhere within that area.
As long as you stay inside the fence, you will be safe."
"That's right. We don't want anyone going up Survivor's
Peak," laughed Holly.
"We want you all back in one piece!"

- **for real** 실제로, 진짜의, 진심의
- **fence off** ~을 울타리로 구분하다(*cf.* fence 울타리)
- **area** 지역, 구역
- **square** 제곱의, 정사각형의
- **mile** (거리 단위) 마일
- **may** ~해도 된다, ~ 할 수 있다
- **set up** ~을 세우다, 설립하다(set-set-set)
- **anywhere** 어디든, 아무 데나
- **within** (특정 거리, 시간) ~의 안에, ~ 이내에
- **as long as** ~하는 한
- **stay** 머무르다, 지내다, 묵다
- **inside** ~ 안에, 내부에
- **safe** 안전한, 무사한
- **laugh** (소리 내어) 웃다
- **in one piece** 안전히, 하나도 상한 데 없이

"There will be several adults patrolling the safe area," the major went on.

"If there is an emergency, use your whistle."

He explained that there was a special signal.

It meant, "Help!"

It was an international distress signal. 

All over the world, people understood it.

"Blow on your whistle six times," said the major.

"Then, stop and listen.

A nearby adult will blow his or her whistle three times.

You will know that help is coming."

- **several** 몇몇의
- **adult** 어른, 성인
- **patrol** 순찰을 하다, 돌아다니다
- **go on** 계속하다
- **emergency** 비상 (사태), 응급 상황
- **whistle** 호루라기; 호루라기를 불다
- **signal** 신호
- **international** 국제적인
- **distress** 조난, 고통

- **all over the world** 세계 곳곳에서
- **understand** 이해하다, 알아듣다 (understand-understood-understood)
- **blow** (호루라기·악기를) 불다, (입으로) 불다, (바람이) 불다
- **nearby** 가까운 곳의, 인근의; 가까이에
- **backpack** 배낭
- **contain** ~이 들어 있다, 함유되어 있다
- **waterproof** 방수의, 방수되는
- **clothing** 의류, 옷

international distress signal 국제조난신호

국제조난신호는 1894년 영국 산악회의 소위원회에서 처음 제안되어 전 세계적으로 채택되었다고 해요. 조난을 당한 사람은 6번 호루라기를 불거나 램프를 깜빡거린 뒤, 1분을 쉬고 다시 6번 신호를 보내는 것을 반복해서 구조를 요청해요. 이를 발견한 구조자는 구하러 가겠다는 응답으로 3번 길게 신호를 한다고 해요.

Each team was given four backpacks.
All the backpacks contained waterproof clothing.
One of them contained a firesteel, cotton wool,
and petroleum jelly.

It also contained water purification tablets. 

"Do not drink water from a river," warned the major.

"It contains germs that can make you ill.

You must put a tablet in the water.

Leave it for at least thirty minutes.

Then, the water will be safe to drink."

- **purification tablet** 정제약(*cf.* purification 정화, 정제)
- **drink** 마시다(drink-drank-drunk)
- **germ** 세균, 미생물
- **ill** 아픈, 병 든
- **leave** 그대로 두다, 남기다, 떠나다(leave-left-left)
- **at least** 적어도, 최소한

water purification tablet 정수제

수영장에 가면 물에서 소독약 냄새가 나죠? 이 냄새는 바로 물을 소독하기 위해 넣은 염소 소독약의 냄새랍니다. 식수를 만들기 위해 사용하는 정수용 알약도 염소 성분으로 이루어져 있어요. 염소가 물에 녹을 때 발생하는 물질이 물속에 있는 병원성 대장균, 살모넬라균 등의 미생물을 죽여서 안전한 물로 바꿔 주는 거예요.

The teams were given a flashlight.

They were also given a large orange bag made of thick plastic.

Survival bag was printed on it.

James folded it into the size of a sheet of paper.

He gave it to Ruby, and she tucked it into her backpack.

They were given some packets of freeze-dried chicken and pasta. 

They would have to add water to them.

Then, they would be able to eat them.

- **flashlight** 손전등
- **survival bag** 서바이벌 백(조난당했을 때 몸을 감싸 체온을 유지할 수 있도록 비닐로 만든 자루)
- **be printed on** ~에 인쇄되어 있다
- **size** 크기
- **a sheet of** 한 장의

- **tuck** (작은 공간에) 끼워 넣다, 밀어 넣다
- **packet** 통, 갑, 곽
- **freeze-dried** 동결 건조된
- **pasta** 파스타
- **add** 추가하다, 덧붙이다
- **be able to + 동사원형** ~할 수 있다

동결 건조 식품

음식 재료를 얼린 다음 수분을 증발시켜서 오래 보존할 수 있게 만든 식품을 말해요. 음식의 빛깔이나 냄새, 영양소의 파괴가 많지 않고, 뜨거운 물을 부으면 본래의 식품에 매우 가깝게 복원되기 때문에 우리가 먹는 많은 인스턴트식품이 동결 건조 방식으로 만들어지고 있어요.

Ruby, Kevin, and Vanessa each carried a backpack.

James carried the fourth backpack. 

It contained the fire-making things.

It also contained the water purification tablets.

Ruby's team was the first to leave.

"You must find three checkpoints before you set up camp," said Holly.

"This is to test your navigation skills.

I will go ahead of you and wait at the first checkpoint.

Blow your whistle if you get lost."

Holly strode away.

POP QUIZ

불을 만드는 물품이 들어 있는 가방은 누가 가지고 있었나요?

ⓐ James
ⓑ Ruby

ⓔ 답정

- **carry** ~을 가져가다, 나르다
- **checkpoint** 검문소
- **test** 시험하다; 시험
- **go ahead** (다른 사람들보다) 먼저 가다, 앞서가다

- **wait** 기다리다
- **get lost** 길을 잃다
- **stride away** 큰 걸음으로 성큼성큼 가버리다
  (stride-strode-strode)

James carried the fourth backpack. 제임스는 네 번째 배낭을 멨다.

영어로 숫자를 읽을 땐 기수와 서수 두 가지 방법이 있어요. 우선 기수는 one, two, three, four, five...와 같이 우리가 알고 있는 기본적인 숫자들을 말해요. 전화번호나 가격과 같이 일반적인 숫자를 읽을 때 써요. 서수는 '첫 번째, 두 번째, 세 번째……' 같이 순서를 나타내는 수예요. first, second, third, fourth, fifth...로 읽고 날짜나 층수를 표현할 때 많이 쓰죠. 서수를 쓸 때는 반드시 앞에 the를 붙인다는 것을 기억하세요.

ex. My classroom is on the fifth floor. 우리 반 교실은 5층에 있다.

Comprehension Quiz

A 밑줄 친 부분에 들어갈 알맞은 말에 동그라미 하세요.

❶ Water from a river may contain (<u>tablets / signals / germs</u>) that can make you ill.

❷ To make the water pure, you must put in a special (<u>tablet / signal / distress</u>).

❸ The water must be left for at least (<u>ten / twenty / thirty</u>) minutes before drinking it.

❹ A survival bag is usually made from (<u>green / orange / black</u>) plastic.

B 다음 내용이 옳으면 T, 틀리면 F에 표시하세요.

❶ Ruby told Vanessa that she was useless at lighting the fire.　　T　F

❷ Ruby could not make a spark with the firesteel.　　T　F

❸ The firesteel was made of plastic and two bits of metal.　　T　F

❹ Kevin could light the fire.　　T　F

Answers

A ❶ germs　❷ tablet　❸ thirty　❹ orange

B ❶ F　❷ F　❸ T　❹ T

C 다음 질문에 알맞은 답을 고르세요.

❶ 불을 피울 때 나무를 원뿔 모양으로 쌓아야 하는 이유는 무엇인가요?

   a) to stop them from falling down

   b) to allow oxygen into the fire

   c) to make the smoke go upward

   d) to stop the fire from burning too quickly

❷ 홀리는 캠프를 세우기 전 무엇을 먼저 찾으라고 말했나요?

   a) three checkpoints

   b) a river

   c) two types of fuel for the fire

   d) the fence at the edge of the safe area

D 다음 문장을 발화기로 불을 붙이는 순서에 맞게 배열하세요.

❶ Spark the firesteel onto the cotton wool.

❷ Build the sticks into a cone shape.

❸ Smear petroleum jelly onto cotton wool.

❹ Find some dry sticks.

_______ → _______ → _______ → _______

Answers

C ❶ b　❷ a

D ❹ → ❷ → ❸ → ❶

Chapter Three

Fear in the Fog

안개 속의 두려움

Ruby was quite good at using the map.
She had listened carefully that morning.
She knew which way to go.
But, after a few minutes, Vanessa snatched it from her hands.

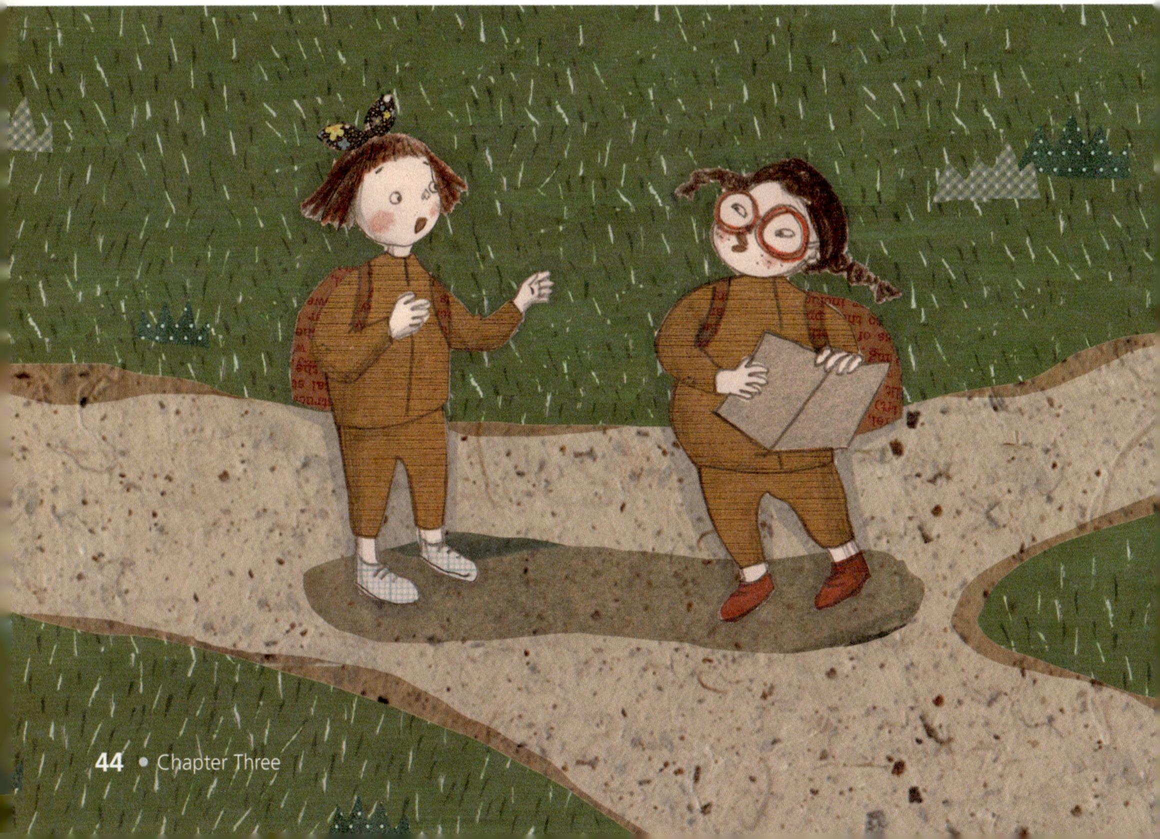

"I'm the leader," she said.

"James is my deputy."

James nodded reluctantly.

"OK," he said.

"What about Kevin and me?" asked Ruby.

But Vanessa wasn't listening.

She marched away, with James trotting after her. 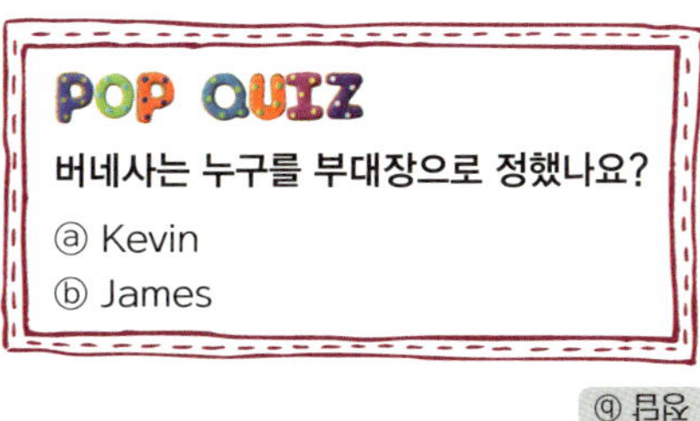

"I think she's going the wrong way," muttered Ruby as she went after them.

Kevin said nothing.

- **fear** 두려움, 공포
- **fog** 안개
- **carefully** 주의 깊게
- **a few** 어느 정도, 조금
- **snatch** 잡아채다, 와락 붙잡다
- **leader** 지도자, 대표
- **deputy** 부관, 대리인
- **nod** 고개를 끄덕이다
- **reluctantly** 마지못해
- **what about ~?** (누구·무엇에 대한 질문으로) ~은 어때?, (제안하며) ~하는 게 어때?
- **march** 당당하게 걷다, 행진하다
- **trot** 빨리 걷다, 종종걸음을 걷다
- **wrong** 틀린, 잘못된
- **mutter** 중얼거리다
- **go after** ~을 따라가다

She marched away, with James trotting after her. 그녀는 당당하게 걸어가 버렸고, 동시에 제임스는 그녀의 뒤를 빠른 걸음으로 쫓았다.

주어가 다른 두 가지 상황이 동시에 일어날 때는 'with + A + 동사원형-ing'로 표현할 수 있어요. 즉, 여기서 with James trotting after her는 She marched away와 동시에 일어나고 있는 상황을 나타내고 있어요.

ex. I cannot concentrate on my homework, with you standing next to me. 네가 내 옆에 서 있는 채로는 내가 숙제에 집중할 수가 없다.

The children walked for about thirty minutes.

A thick, gray fog settled around them.

It covered everything.

"We should have reached the first checkpoint by now,"
said James.

"Where are we?"

For the first time that weekend, Vanessa looked uncertain.

- **gray** 회색의
- **settle** 자리를 잡다, 앉다, 정착하다
- **should have + 과거분사(p.p.)** ~해야 했다
  (*cf.* should 마땅히 ~해야 하다)
- **reach** 도착하다, 닿다
- **by now** 지금쯤이면
- **for the first time** 처음으로
- **uncertain** 불확실한(↔ certain 확실한)

"I don't know," she admitted.

They all looked around, but they couldn't see anything because of the fog.

"Let's blow the whistle for help," suggested Ruby.

"That's for emergencies," snapped Vanessa.

"Don't be such a baby."

- **admit** 인정하다, 자백하다
- **look around** 주위를 둘러보다
- **because of** ~ 때문에
- **let's + 동사원형** (청유형) ~하자
- **suggest** 제안하다, 추천하다
- **such** 그런, 그 정도의

After a while, they came to a fence.

"This must be the edge of the safe area," said James.

Vanessa climbed over it.

"Wait!" said Ruby.

"We're not allowed over there."

"So you are a baby," said Vanessa.

"Don't you want to do proper survival training?

Who wants adults spying on us all the time?"

James went pink. "I don't," he said, although he didn't sound convinced.

Kevin shook his head violently.

Ruby wasn't sure whether he was saying that they shouldn't pass the fence, or that he didn't want adults spying on him.

But she didn't want to be the only one who was scared.

"Oh, all right," she sighed.

After all, they only had to whistle and help would come. They could find a good place to camp and make a fire.

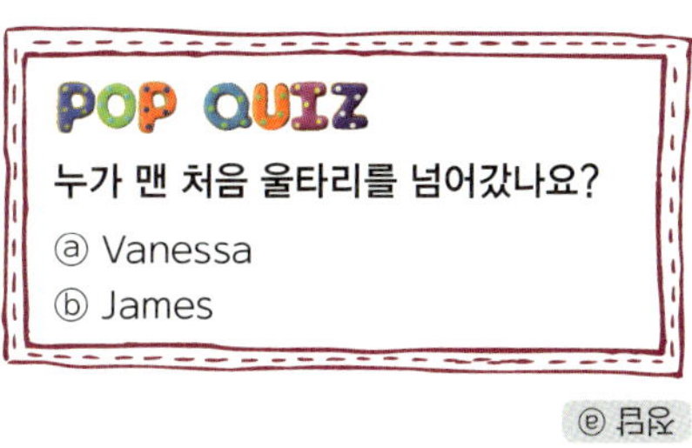

- **after a while** 잠시 후에
  (cf. while 잠깐, 잠시; ~하는 동안에)
- **come to** ~에 도착하다
- **edge** 가장자리, 끝, 모서리
- **over there** 저쪽에
- **proper** 제대로 된, 적절한
- **survival training** 생존훈련
- **spy on** ~을 몰래 감시하다
- **all the time** 내내, 줄곧
- **go pink** 붉어지다
- **although** 비록 ~이긴 하지만

- **sound** ~인 것 같다, ~처럼 들리다; 소리, 음향
- **convinced** 확신하는
- **shake one's head** 고개를 가로젓다
- **violently** 격렬하게, 맹렬히
- **be sure** 확신하다
- **whether** ~인지 아닌지
- **pass** 지나가다, 통과하다
- **scared** 겁이 난, 무서워하는
- **all right** (동의를 나타내며) 알겠다, 좋다
- **sigh** 한숨을 쉬다

A steady rain began to fall.

The team walked on, looking for a good place to camp.

Ruby got her foot stuck in a sticky, muddy bog.

James took off his backpack to pull her out and they all

set off again.

- **steady rain** 계속 내리는 비(*cf.* steady 꾸준한)
- **look for** ~을 찾다
- **get stuck** 꼼짝 못 하게 되다
  (*cf.* stuck 꼼짝 못 하는, 움직일 수 없는)
- **sticky** 끈적끈적한
- **muddy** 진흙투성이의
- **bog** 늪
- **take off** 벗다
- **pull out** ~에서 빼내다, ~에서 빠져나오다(*cf.* pull 당기다, 빼다)
- **set off** 출발하다

After a while, Ruby realized that they were going uphill, through a forest.

The way became steeper and steeper.

"Let's go back," said James.

"I want to go back to the fence."

They turned around, but the fog was too thick.

They couldn't see which way to go.

"Wait a minute," said Ruby.

"There's only one hill that has trees on it."

"Survivor's Peak!" gasped Vanessa.

POP QUIZ

주인공들은 자신들이 생존자의 봉우리에 있다는 것을 어떻게 알았나요?

ⓐ They could see grass around them.
ⓑ They could see trees around them.

ⓑ 답요

- **realize** 깨닫다, 알아차리다
- **go uphill** 비탈을 오르다
- **go back** 되돌아가다

- **turn around** 돌아서다, 몸을 돌리다
- **gasp** 숨이 턱 막히다

The way became steeper and steeper. 그 길은 점점 더 가팔라졌다.

'become + 비교급 and 비교급' 구문은 '점점 더 ~해지다'라는 뜻을 나타내는 표현이에요. become 대신에 get, grow, turn과 같은 동사가 대신 쓰이기도 해요.

ex. The weather is getting hotter and hotter. 날씨가 점점 더 더워지고 있다.

Vanessa stepped closer to Ruby.

"What if we walk straight off the edge of a cliff?"

"Let's blow the whistle," said Ruby.

This time, Vanessa agreed.

"Who has it?" she said.

"It's in my backpack…" said James, but his face went white.

"Oh, no! I took it off to help Ruby in the bog, and I left it there!"

Together, they raised their voices and shouted.

They shouted and shouted, but there was no answering cry.

They had been out so long by now that night was creeping up on them.

"What shall we do?" whimpered Vanessa.

She had crept so close to Ruby that their arms were almost touching.

"I'm scared."

"We'll make a shelter and a fire," said Ruby, firmly.

"We can't make a fire," said James.

"The firesteel is in my backpack."

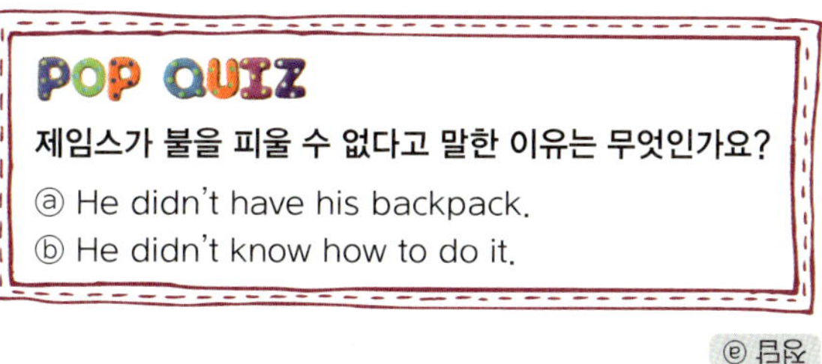

- **step** 움직이다; 발걸음
- **closer** 더 가까이; 더 가까운(close의 비교급)
- **what if ~?** ~하면 어쩌지?
- **straight off** 곧장, 바로
- **agree** 동의하다(↔ disagree 동의하지 않다)
- **go white** 새하얗게 질리다
- **raise** 높이다, 올리다, 들다
- **shout** 소리치다, 외치다
- **answering** 응답하는, 상응하는
- **cry** 외침, 고함; 울다
- **creep** 살금살금 움직이다(creep-crept-crept)
- **shall + 동사원형** ~할 것이다
- **whimper** 홀쩍이다, 홀쩍이며 말하다
- **touch** 건드리다, 만지다
- **firmly** 단호히, 확고히(*cf.* firm 굳은, 단단한)

Kevin smiled and tapped Ruby on the shoulder.

He slid something out of his pocket.

A firesteel!

But it was no use without cotton wool and petroleum
jelly.

"Wait," said Vanessa.

"I have some lip balm.

Let's try that."

James pulled some of the filling out of his coat.

They gathered sticks to make a fire and smeared lip
balm on the coat filling.

Kevin managed to light it the first time!

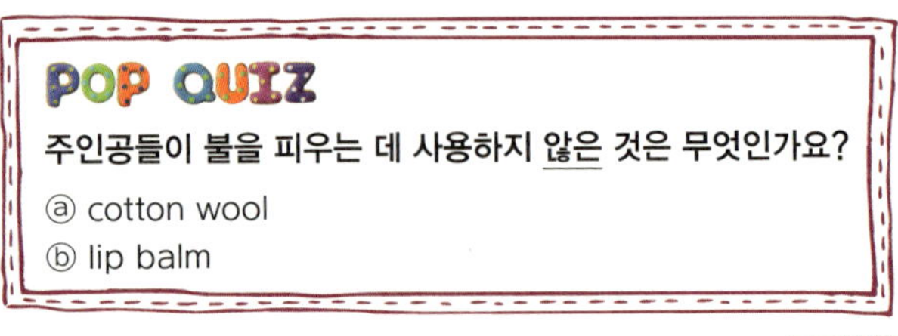

ⓔ 땁땅

- **tap A on** A의 ~을 (가볍게) 톡톡 두드리다
- **shoulder** 어깨
- **be no use** 소용이 없다
- **without** ~없이
- **lip balm** 립밤, 입술보호용 연고(대부분 페트롤륨이나 오일 성분을 첨가해 만듦)
- **filling** (옷이나 쿠션, 베개 등에 넣어 부풀어 오르게 하는) 충전재, 속
- **coat** 외투, 코트
- **manage to + 동사원형** 간신히[용케] ~하다

"Now we need a shelter," said Ruby.

Together, the four of them dragged branches toward
a tree trunk.

They laid the orange survival bag on the ground.

Then, they leaned the branches against the trunk.

Vanessa found some ferns and laid them across the
branches.

They huddled next to their shelter, close to the fire.

- **drag** 끌고 가다
- **lay** 놓다, 두다(lay-laid-laid)
- **ground** 땅, 지면
- **fern** 양치식물(고사리처럼 꽃이 피지 않는 식물)
- **huddle** 옹송그리며 모이다
- **next to** ~ 옆에

"I'm hungry," said James.

"At least we've still got the food.

Let's eat it."

"We need some water then," said Ruby.

"Who's got the purification tablets?"

"They were in my backpack too," said James.

"Then we'll have to purify the water another way," said Ruby.

"Remember what we were told this morning?"

James nodded.

"Boil the water over the fire and keep it boiling for five minutes." 

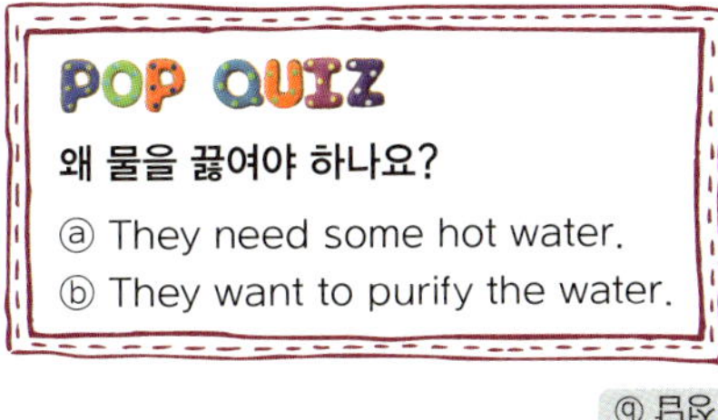

ⓑ 답정

- **still** 아직, 계속해서
- **purify** 정화하다
- **(in) another way** 다른 방법으로
- **remember** 기억하다
- **boil** 끓이다, 끓다, 삶다
- **over the fire** 불 위에서

물을 끓이면?

물을 정화하는 또 한 가지의 방법은 바로 물을 끓이는 거예요. 일반적으로 물은 섭씨 100도에서 끓기 시작하죠. 정화되지 않은 지하수나 강물에는 각종 박테리아와 바이러스가 살고 있어요. 이것들은 인간의 생명을 위협할 수도 있는 이질, 장티푸스, 간염, 노로바이러스와 같은 질병의 원인이 되죠. 그런데 이런 균들은 100도 이상의 고온에서 죽기 때문에 물을 끓이면 자연스럽게 멸균 소독이 가능해지는 거랍니다.

So the next task was to find some water.

"It's my fault we're here," said Vanessa.

"I'll go."

Ruby listened.

She thought she heard a very faint rush of water. 

"I'll come with you," she said.

"It's too dangerous to go alone."

She took the flashlight from her backpack.

The fog was beginning to lift now.

The girls could see a few stars in the sky.

The flashlight allowed them to see their way to the edge of a waterfall.

- **fault** 잘못, 책임, 단점
- **hear** (소리를) 듣다(hear-heard-heard)
- **faint** (빛·소리·냄새 등이) 희미한
- **rush** 빠른 움직임; 급속히 움직이다, 힘차게 달리다
- **alone** 혼자
- **lift** (안개가) 걷히다, 사라지다, 들어 올리다
- **waterfall** 폭포
- **below** (위치가 ~보다) 아래에

- **tumble** 굴러 떨어지다, 크게 추락하다
- **careful** 주의하는, 조심하는
- **slip** 미끄러지다
- **a patch of** 한 조각의, 한 부분의
- **moss** 이끼
- **piercing** 날카로운, 귀청을 찢는 듯한
- **scream** 비명; 비명을 지르다
- **forward** (위치가) 앞으로

She thought she heard a very faint rush of water. 그녀는 아주 희미한 물 흐르는 소리를 들었다고 생각했다.

She thought that ~은 '그녀는 ~을 생각했다'라는 뜻이에요. 영어의 동사 think 다음에 that이 이끄는 명사절이 목적어로 온 것이죠. 위 문장에서는 that이 생략되었어요. 목적절을 이끄는 that은 종종 생략될 수 있답니다.

ex. Do you think (that) she'll come? 너는 그녀가 올 거라고 생각하니?

About five meters below them, the water rushed and
tumbled into a river.

"Be careful," warned Ruby.

But it was too late.

Vanessa's foot slipped on a patch of wet moss.

With a piercing scream, she fell forward, over the edge
of the waterfall.

Comprehension Quiz

A 각 등장인물이 지니고 있었던 물건을 알맞게 연결하세요.

❶ Vanessa ·　　　　　· a) coat filling

❷ Kevin ·　　　　　· b) flashlight

❸ James ·　　　　　· c) lip balm

❹ Ruby ·　　　　　· d) firesteel

B 빈칸에 알맞은 말을 골라 넣어 문장을 완성하세요.

for	toward	around	on

❶ They all looked ______________, but they couldn't see anything because of the fog.

❷ They smeared lip balm ______________ the coat filling.

❸ They dragged branches ______________ a tree trunk.

❹ Boil the water over the fire and keep it boiling ______________ five minutes.

Answers

A　❶ c　❷ d　❸ a　❹ b

B　❶ around　❷ on　❸ toward　❹ for

C 다음 질문에 알맞은 답을 고르세요.

❶ 주인공들은 왜 처음에 길을 잃자마자 호루라기를 불지 않았나요?

a) They couldn't find the whistle.

b) They had forgotten the international distress signal.

c) They didn't want to appear to be babies.

d) They didn't think anyone was around to hear it.

❷ 루비는 어디에 발이 빠졌나요?

a) in a bog

b) in a rabbit hole

c) in a fence

d) in the river

D 아래와 같이 문장 속에서 자리를 서로 바꿔써야 하는 단어들을 찾아 밑줄 치세요.

> So the next <u>water</u> was to find some <u>task</u>.

❶ They could make a good place to camp and find a fire.

❷ Kevin tapped and smiled Ruby on the shoulder.

❸ The stars could see a few girls in the sky.

❹ The firesteel was no use and cotton wool without petroleum jelly.

Answers

C   ❶ c   ❷ a

D   ❶ make, find   ❷ tapped, smiled   ❸ stars, girls   ❹ and, without

A Daring Rescue

대담한 구조

"Vanessa?" cried Ruby.

"Are you all right?"

There was a groan from somewhere below, in the shadows.

Ruby didn't think twice.

"I'm coming down," she said.

She tucked the flashlight into her belt.

It pointed downward.

She took a deep breath and lowered herself over the rocky edge.

- **daring** 대담한, 위험한
- **rescue** 구조, 구출; 구출하다
- **somewhere** 어딘가에서
- **shadow** 어둠, 그늘, 그림자
- **twice** 두 번
- **come down** 내려가다
- **point** 가리키다, 특정 방향을 향하다; 지점, 요점
- **downward** 아래쪽으로
- **take a deep breath** 깊이 숨을 들이쉬다
- **lower oneself** 몸을 굽히다(*cf.* lower 낮추다, 내리다)
- **rocky** 바위로 된, 돌투성이의

Her dad had taught her to climb when she was younger.
Now, she tried to remember everything that she had
learned. 

"Keep three points of contact
with the rock," she told herself.
"Two hands and a foot, or two
feet and a hand.
Just move one at a time."
Slowly, carefully, she descended.

- **teach** 가르치다(teach-taught-taught)
- **younger** 더 어린, 더 젊은(young의 비교급)
- **contact** 접촉, 닿음; (전화, 메일로) 연락하다
- **tell oneself** 혼잣말하다
- **feet** foot(발)의 복수형
- **move** 움직이다, 이동하다, 이사하다
- **at a time** 한 번에
- **descend** 내려오다

- **shaky** 떨리는, 불안한, 불안정한
- **hurt** 다친, 상처를 입은; 아프게 하다
- **bleed** 피가 나다
- **broken** 부서진, 망가진
- **in reply** 응답으로
- **thunder** 천둥 같은 소리, 천둥
- **loud** (소리가) 큰, 시끄러운

Now, she tried to remember everything that she had learned. 이제 그녀는 그녀가 배웠던 모든 것을 기억해 내기 위해 노력했다.

여기서 명사 everything 뒤에 있는 that she had learned는 명사를 꾸미는 형용사처럼 명사를 수식해요. 이런 것을 관계대명사절이라고 해요.

ex. He was eating something that smelled like chicken soup. 그는 닭고기 수프 같은 냄새가 나는 뭔가를 먹고 있었다.

"Vanessa?" she called.

"I'm here," said Vanessa in a shaky voice.

"Are you hurt? Can you climb?"

"My head's bleeding and my glasses are broken.

My legs are OK, but I can't climb. I'm too scared."

Together, they shouted for help.

But they heard nothing in reply.

They thought nobody could hear them because the

thunder of the water below them was too loud.

"It's OK, Vanessa," said Ruby.

"We can do this together."

Slowly, carefully, the girls scrambled back up the side of
the waterfall.

The moonlight shone on the wet rock.

Ruby had to take Vanessa's hands and feet and put them
in the right places.

All the time, she heard the crashing of water below her
and hoped that she wouldn't fall.

At last, the two girls reached the top.

James and Kevin were there to pull them up.

They had heard the cries after all.

Vanessa was soaking wet.
She was shivering, and her teeth
began to chatter.
"Let's get her nearer to the fire,"
said Ruby.
"She might get hypothermia." 
Together, they helped Vanessa toward
the fire and the shelter.

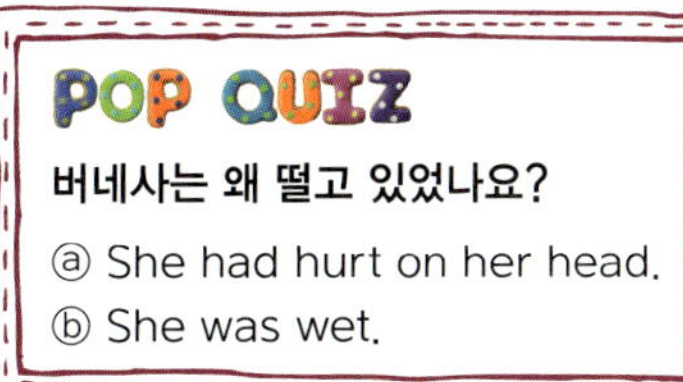

POP QUIZ

버네사는 왜 떨고 있었나요?

ⓐ She had hurt on her head.
ⓑ She was wet.

ⓑ 답정

- **scramble** (특히 힘겹게 손으로 몸을 지탱하여) 재빨리 움직이다
- **moonlight** 달빛
- **shine** 비추다, 빛나다, 반짝이다 (shine-shone-shone)
- **crash** 굉음을 내다, 충돌하다
- **hope** 바라다, 희망하다

- **soaking wet** 흠뻑 젖은 (*cf*. soak 흠뻑 적시다, 액체에 담그다)
- **shiver** 몸을 떨다
- **teeth** tooth(치아, 이빨)의 복수형
- **chatter** (무섭거나 추워서 이가) 딱딱 맞부딪히다, 수다를 떨다
- **hypothermia** 저체온증

hypothermia 저체온증

보통 우리 몸의 체온은 36.5도 정도를 일정하게 유지해요. 그런데 추운 곳에 오래 있거나 비에 젖은 채로 바람을 맞으면 체온이 35도 이하로 내려가게 되어 우리 몸이 정상적으로 기능하지 않는 저체온 증을 겪게 되죠. 얼굴이 창백해지고 입술이 푸른빛을 띠는 것을 시작으로, 심해지면 말을 제대로 할 수 없거나 자꾸 잠에 빠져들고 심장 박동도 현저히 느려져요. 저체온증은 생명을 위협하는 무서운 증 상이니, 추운 곳에서는 항상 옷을 따뜻하게 입고 물에 빠졌을 땐 즉각 젖은 옷을 벗어 체온을 유지해 줘야 한다는 걸 기억하세요.

"We need to get her wet clothes off," said Ruby.

She helped Vanessa to undress.

Then, she gave Vanessa her own fleecy jacket.

James picked up the survival bag.

Vanessa got inside it, and Ruby got in as well.

She lay as close to Vanessa as she could.

She wrapped her arms around Vanessa.

Ruby's body heat and the warmth of the fire helped to warm Vanessa.

She stopped shivering.

Kevin tapped Ruby on the shoulder as though he wanted
to tell her something.
"What is it?" she asked.
In reply, he picked up
a twig and scratched a
message in the dirt.
Get help, it said.
He gave her a thumbs-up
signal, then hurried away
through the trees. 

POP QUIZ

케빈은 무엇을 하러 갔나요?
ⓐ to get help
ⓑ to get some water

ⓔ 貫상

- **undress** 옷을 벗다, 벗기다(↔ dress 옷을 입다, 입히다)
- **own** 자신의
- **fleecy** 양털 같은
- **pick up** 집어 들다
- **get inside[in]** 안으로 들어가다
- **as well** 또한
- **lie** 눕다, ~한 상태로 있다(lie-lay-lain)
- **as + 형용사/부사 + as + A can**
  A가 할 수 있는 한 ~하게

- **wrap** 감싸다, 두르다, 포장하다
- **body heat** 체열, 체온
- **warm** 따뜻하게 하다, 데우다; 따뜻한
- **stop + 동사원형-ing** ~하는 것을 멈추다
- **twig** 잔가지
- **scratch** 긁어서 표시를 내다, 긁다
- **dirt** 흙
- **get help** 도움을 청하다
- **hurry away** 서둘러 가 버리다

a thumbs-up signal

영어권 국가에서 엄지손가락을 위로 들어 올리는 몸짓은 '좋다, 동의한다'
는 뜻이에요. 반대로 엄지손가락을 아래로 내리면, '안 된다, 동의하지 않
는다'라는 의미죠. 하지만 몸짓은 문화에 따라 의미가 다를 때도 있어요.
서아프리카나 이란, 그리스 같은 나라에서 엄지손가락을 들어 올리는 건
상대방에게 모멸감을 주는 행동이니 주의해야 해요.

Vanessa began to cry.

"I'm sorry for being so horrible to you," she sobbed.

"I'm never normally like that."

"So why were you?"

Ruby felt sorry for Vanessa now.

"Everyone is always mean to me at school.

I wanted things to be different, just for a weekend.

I wanted to see how it felt."

Ruby smiled.

"How did it feel?"

"Horrible," snorted Vanessa.

"It's much nicer when we work together." Aha!

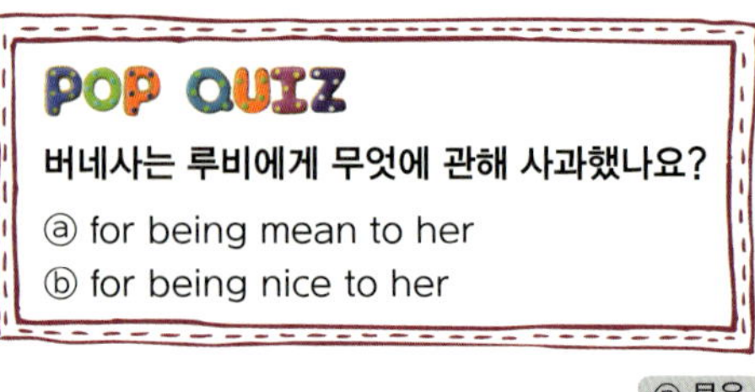

- **sob** 흐느끼다
- **normally** 보통 때는, 보통, 정상적으로
- **feel sorry for** ~을 안쓰럽게 여기다

- **different** 다른, 여러 가지의
- **snort** 코웃음을 웃다, 콧방귀를 뀌다
- **nicer** 더 좋은(nice의 비교급)

It's much nicer when we work together. 우리가 함께 일할 때가 훨씬 더 좋다.

비교급을 강조하여 '훨씬 더 ~한'이라고 말하고 싶을 때는 형용사의 비교급 앞에 much, still, even, far, a lot을 써요. 이 문장의 much nicer는 '훨씬 더 좋은'이라는 의미가 돼요.

ex. I feel much better than yesterday. 난 어제보다 기분이 훨씬 더 좋다.

The girls and James gazed into the crackling fire.

They drifted into a light sleep.

Ruby stirred when she heard adult voices, shouting.

"We're over here!" she yelled.

- **gaze into** ~을 응시하다
- **crackling fire** 타닥거리며 타오르는 불(*cf.* crackle 치직 소리를 내다)
- **drift into sleep** 자신도 모르게 잠이 들다
  (*cf.* drift (자신도 모르게) ~하게 되다, 떠가다)
- **stir** 약간 움직이다, 꿈쩍하다, 휘젓다
- **yell** 소리치다, 고함치다

Moments later, Holly and Major Matthews came rushing through the trees.
Kevin ran ahead of them, leading the way.
"Thank goodness we've found you!" gasped Holly.
"Everyone's out looking for you."

POP QUIZ
어른들을 이끌고 있던 것은 누구인가요?
ⓐ Kevin
ⓑ Holly

정답 ⓐ

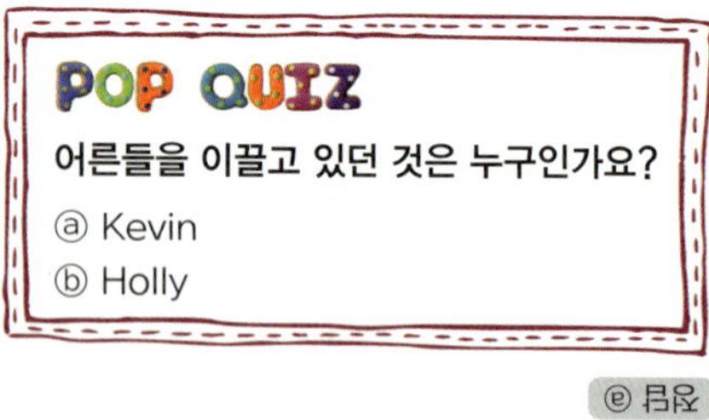

- **moments later** 잠시 후(*cf.* moment 잠깐, 잠시)
- **run ahead of** ~보다 앞서 달리다
- **lead the way** 앞장서다
- **thank goodness** 정말 다행이다

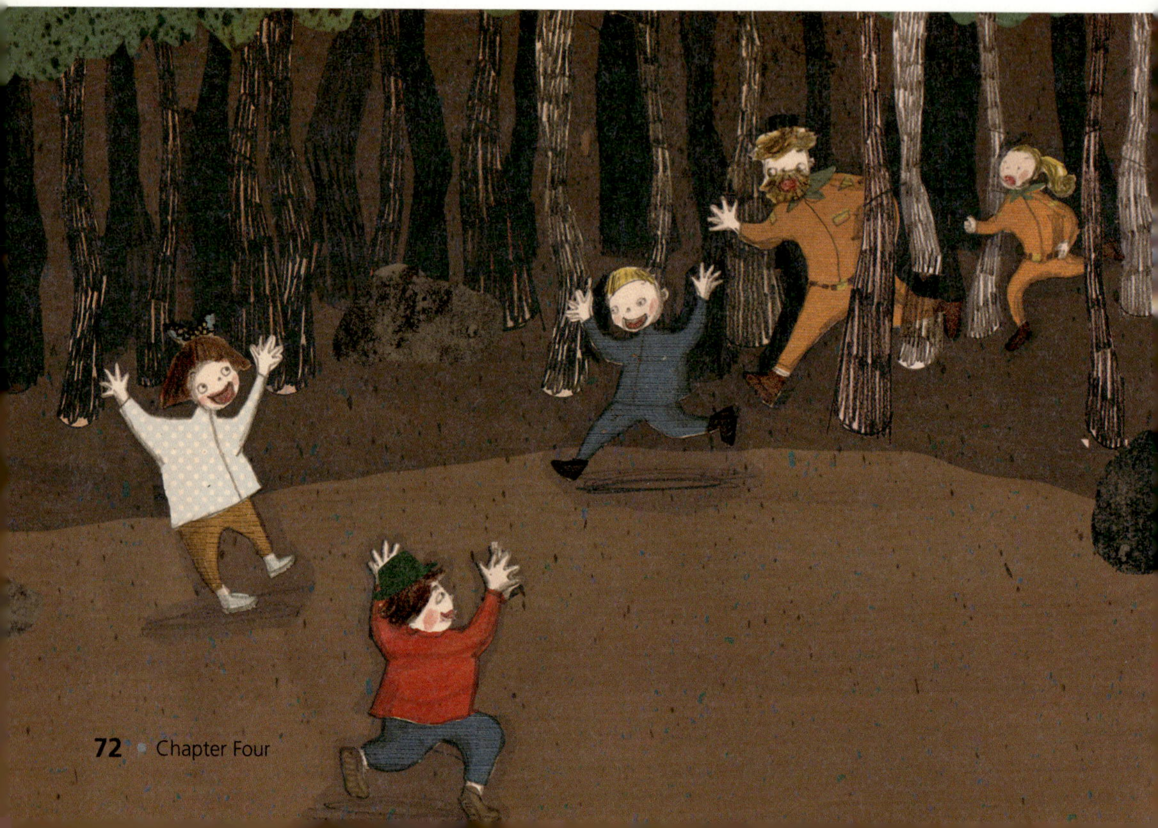

"How did you find us?" asked Ruby.

"Kevin found a lookout on the edge of a cliff," explained Holly.

"He lit a fire there as a signal.

We saw it in the dark.

I couldn't believe it when I realized that you were on Survivor's Peak.

We walked toward the light and found Kevin there, making the fire as big as possible."

▪ lookout 망보는 곳
▪ dark 어둠; 캄캄한, 어두운

▪ as + 형용사/부사 + as possible 가능한 ~하게

Kevin smiled and nodded his head.

"I thought you were an idiot, Kevin," admitted Vanessa.

She reached out and took hold of his hand.

"How wrong I was!" **Aha!**

"I think we've all been wrong about a lot of things,"
said Ruby.

- **idiot** 바보   - **reach out** (손 등을) 뻗다   - **take hold of** ~을 잡다(*cf.* hold 쥐기, 잡기)

How wrong I was! 내가 정말 잘못 생각했어!

영어의 감탄문은 일반적인 평서문이나 의문문과 형태가 달라요. 두 가지 종류의 감탄문이 있는데, 이 문장은 'How + 형용사 + 주어 + 동사!'의 구조로 된 감탄문이에요. 다른 하나는 'What + a/an + 명사 + 주어 + 동사' 구조인데, 두 경우 모두 마지막의 '주어 + 동사' 부분은 생략할 수 있어요.

ex. How beautiful (she is)! (그녀는) 정말 아름다워!
What a nice house (it is)! (그건) 정말 멋진 집이야!

A walkie-talkie on Major Matthews' belt crackled.

"Come on," he said.

"We're taking all of you back to the center.

Warm beds for everyone, I think!"

Vanessa and Ruby looked at each other.

"I think," Ruby said slowly, "that it would be fun to stay

out here."

"Vanessa can't stay," said the major.

"She's been injured."

"Only minor cuts and bruises," said Holly.

"I've brought a first-aid kit.

I'll fix her up."

"I'm fine now," said Vanessa.

"I'm lovely and warm, too."

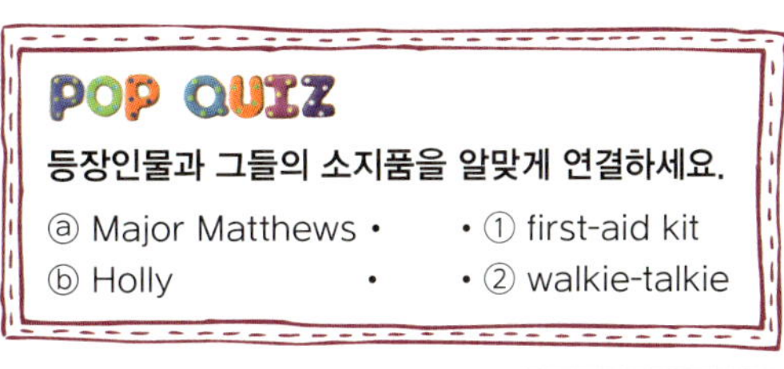

- **walkie-talkie** 무전기, 워키토키
- **each other** 서로서로
- **stay out** 외박하다
- **injured** 다친, 부상을 입은(*cf.* injure 부상을 입다)
- **minor** 작은, 심각하지 않은
- **cut** (베거나 긁힌) 상처
- **bruise** 멍
- **bring** 가져오다(bring-brought-brought)
- **first-aid kit** 구급상자
- **fix up** 치료하다, 수리하다
- **fine** 건강한, 좋은, 질 높은
- **lovely** (아주) 좋은, 기쁜, 사랑스러운

"You can't take her back without us," protested Ruby.

"We started out as a team and we want to stay as a team."

"I know," said Holly.

"Let's go back down to the safe area, inside the fence. You can set up a camp there, and I'll take Vanessa back to the center for some more treatment.

Then, if she feels well enough, she can come and join you for the rest of the night.

I'll stay, too."

Major Matthews looked doubtful.

"Please?" begged Ruby.

"We know how to make a fire and a good shelter." 

- **start out** (사업·일을) 시작하다
- **treatment** 치료
- **the rest of** ~의 나머지
- **doubtful** 의심스러운, 미심쩍은
- **beg** 간청하다
- **at the same time** 동시에
- **deserve** ~을 받을 만하다, 누릴 자격이 있다
- **survive** 살아남다, 생존하다, 극복하다

We know how to make a fire and a good shelter. 우리는 어떻게 불을 피우고 좋은 피신처를 만드는지 안다.

'how + to부정사'는 '어떻게 ~할지' 또는 '~을 하는 방법'이라는 의미예요. 이외에도 'what + to부정사'는 '무엇을 할지', 'where + to부정사'는 '어디에 ~할지', 'when + to부정사'는 '언제 ~할지'라는 뜻이에요.

ex. I don't know what to do. 난 뭘 해야 할지 모르겠다.

Major Matthews shook his head, but he was smiling at
the same time.
"All right," he said.
"You deserve it."
"After all," said Ruby,
"we survived Survivor's Peak!"

Chapter Four — Comprehension Quiz

A 빈칸에 알맞은 말을 골라 넣어 문장을 완성하세요.

scrambled	wrapped	helped	picked

❶ The girls ______________ back up the side of the waterfall.

❷ Together, they ______________ Vanessa toward the fire and the shelter.

❸ James ______________ up the survival bag.

❹ Ruby ______________ her arms around Vanessa.

B 밑줄 친 부분에 들어갈 올바른 철자의 단어에 동그라미 하세요.

❶ I wanted things to be (different / diferent), just for a weekend.

❷ "I (thoght / thought) you were an idiot, Kevin," admitted Vanessa.

❸ "Only (miner / minor) cuts and bruises," said Holly.

❹ "I'm fine now," said Vanessa. "I'm (lovely / lovley) and warm, too."

Answers

A ❶ scrambled ❷ helped ❸ picked ❹ wrapped

B ❶ different ❷ thought ❸ minor ❹ lovely

 다음 질문에 알맞은 답을 고르세요.

❶ 서바이벌 백에 들어간 것은 누구인가요?

a) Ruby and James

b) James and Vanessa

c) Ruby and Vanessa

d) just Vanessa

❷ 루비는 어떤 소리를 듣고 선잠에서 깨어났나요?

a) thunder of the water

b) Kevin's voice, whispering

c) a crackling fire

d) adult voices, shouting

D 다음 내용이 옳으면 T, 틀리면 F에 표시하세요.

❶ Vanessa put Ruby's hands and feet in the right places. T F

❷ The moon was shining that night. T F

❸ James and Kevin pulled the girls up at the top. T F

❹ Ruby gave Vanessa her waterproof coat. T F

Answers

C ❶ c   ❷ d
D ❶ F   ❷ T   ❸ T   ❹ F

Let's Review the Story

빈칸을 채우며 이야기를 다시 정리해 보세요.

Title: Lost in the __________

Characters

- R __________ , V __________ , J __________ , and K __________ (children)
- H __________ , M __________ M __________ , D __________ (adults)

Chapter 1

- Ruby arrives at Oakfield A __________ Center and meets V __________ , who is rude to her.
- Ruby is put into a t __________ with Vanessa, James, and Kevin.

Chapter 2

- The teams learn how to make a f __________ , how to build a s __________ , and how to n __________ .
- Then, they are given instructions and things for s __________ to spend the night o __________ in a safe area.

Chapter 3

- The team leaves the s __________ area and gets lost on S __________ P __________ .
- They make a s __________ and a f __________ , but when they search for w __________ , Vanessa falls down a cliff beside a waterfall.

Chapter 4

- Ruby rescues Vanessa but she is c __________ and i __________ .
- Kevin makes a f __________ to call for help.
- H __________ and Major M __________ find the children. They decide that they want to stay o __________ after all!

Let's Think & Talk

아래의 물음에 대해 생각해 보고 자유롭게 답하세요.

❶ 여러분은 이야기 속 생존훈련 캠프와 같은 야외활동을 좋아하나요? 이런 캠프 활동이 여러분 또래의 아이들에게 필요하다고 생각하는지, 아니면 필요하지 않다고 생각하는지 말해 보세요.

❷ 여러분이 등산이나 캠핑을 간다면 혹시 모를 위험에 대비해 어떤 생존 도구들을 챙겨갈 건가요? 꼭 필요하다고 생각하는 세 가지 물건을 꼽아 보고, 이유를 말해 보세요.

❸ 여러분은 친구들과 하나의 팀이 되어 활동한 적이 있나요? 한 팀으로서 어떤 일을 했고, 그 활동을 통해 무엇을 느꼈는지 말해 보세요.

Let's Review the Story

Title: Lost in the **Forest**

Characters
- **Ruby**, **Vanessa**, **James**, and **Kevin** (children)
- **Holly**, **Major** **Matthews**, **Dad** (adults)

Chapter 1
- Ruby arrives at Oakfield **Adventure** Center and meets **Vanessa**, who is rude to her.
- Ruby is put into a **team** with Vanessa, James, and Kevin.

Chapter 2
- The teams learn how to make a **fire**, how to build a **shelter**, and how to **navigate**.
- Then, they are given instructions and things for **survival** to spend the night **outdoors** in a safe area.

Chapter 3
- The team leaves the **safe** area and gets lost on **Survivor's Peak**.
- They make a **shelter** and a **fire**, but when they search for **water**, Vanessa falls down a cliff beside a waterfall.

Chapter 4
- Ruby rescues Vanessa but she is **cold** and **injured**.
- Kevin makes a **fire** to call for help.
- **Holly** and Major **Matthews** find the children. They decide that they want to stay **outside** after all!

Come and
get me.
It's horrible
here.

Lost in the Forest
전문 번역

숲에서 길을 잃다

Lost in the Forest

p.10~11

"하지만 제가 왜 가야 하는데요?" 루비가 팔짱을 끼고서 노려보았다. "전 엄마랑 쇼핑하러 가고 싶어요. 옷을 적시고 더럽히면서 주말을 보내고 싶지 않다고요." "너한테 좋을 거야." 아빠가 말했다. "너는 야외 활동이 충분하지 않아. 하여튼, 그렇게 춥지도 않고. 봄이잖니, 어쨌든, 그리고 그들이 네가 입을 적절한 옷을 줄 거란다."

마침내, 그들은 좁은 길로 돌아 들어갔다. 입구의 표지판에 오크필드 모험 센터라고 쓰여 있었다. 좁은 길 끝에 낮은 석조 건물이 하나 있었다. 그 너머로 들판이 있었는데, 그 들판은 언덕들로, 다음에는 산으로 이어졌다.

p.12~13

모든 산 정상은 엷은 안개에 가려져 있었다. 빽빽한 숲이 가장 높은 산을 뒤덮고 있었다. "저 언덕들 너머 저곳이 '생존자의 봉우리'란다." 아빠가 말했다. "저기엔 올라가지 말아라. 아주 위험해. 가파른 낭떠러지들이 있어. 사람들이 거기에서 떨어져 죽었단다." "왜 저곳이 '생존자의 봉우리'라고 불려요?" 루비가 물었다. "등산객 한 팀이 거기서 사고를 당했어." 아빠가 말했다. "생존자는 단 한 명뿐이었지."

p.14~15

한 젊은 여자가 건물에서 나왔다. 그녀의 금발 머리는 포니테일 스타일로 뒤로 묶여 있었다. "네가 루비구나!" 그녀가 소리쳤다. "오크필드에 온 걸 환영한다. 내 이름은 홀리야. 우리는 네가 오기를 기다리고 있었어." "홀리 씨, 만나서 반가워요." 아빠는 차에서 내리며 말하고 홀리와 악수를 했다. 루비는 아주 빨리 안녕하세요, 라고 우물거렸다.

"들어와." 홀리가 말했다. "네 캠프 친구들에게 너를 소개해줄게." 루비는 느릿느릿 차에서 내렸다. 아빠는 그녀의 가방들을 차에서 내리고 그녀를 재빨리 껴안았다. 그러고 나서, 다시 차에 타더니 차를 몰고 떠나갔다. 루비는 아빠를 쫓아서 달려가고 싶었다. 그 대신에 그녀는 홀리를 따라 실내로 들어갔다.

p.16~17

그들은 큰 통로를 지나갔다. 그런 다음 그들은 왼쪽으로 돌아 양쪽에 문이 있는 복도로 갔다. "이곳이 네 침실이야." 그 문들 중 하나를 열면서 홀리가 설명했다. 벽 쪽에는 두 개의 2층 침대가 있었다. "넌 다른 세 명의 여자 친구들과 여기서 자게 될 거야." 홀리가 말했다. "그러니까, 오늘 밤은 여기서 잘 거란 거지. 내일

은 야외에서 잘 거고."

루비는 자신의 귀를 믿을 수 없었다. 이 방은 충분히 나빠 보였지만, 야외에서 잠을 자게 된다는 건 말도 안 됐다. 절대 어림없는 일이었다! 홀리는 계속 미소를 지었다. "다른 친구들은 지금 막 저녁 식사를 시작했어. 여행한 후라 너도 배가 고프겠구나." 루비는 전혀 배가 고프지 않았다. 사실, 그녀는 속이 좀 안 좋았다. 하지만 그녀는 홀리를 따라 다시 복도를 지나고 통로를 가로질러 시끄러운 소리가 나는 넓은 식당으로 갔다.

p.18~19

그곳에는 대략 스무 명의 아이들이 있었던 게 분명했지만, 그들은 100명은 되는 것처럼 시끄럽게 떠들었다. 아이들은 두 개의 긴 식탁에 앉아 있었다. 홀리는 루비를 한 쪽 식탁 끝으로 데려갔는데, 그곳에는 빈자리가 하나 있었다. "여기 앉으렴, 버네사 맞은편에." 홀리가 말했다. 그리고 그녀는 루비의 식사를 가지러 갔다.

루비는 앉았다. 안경을 쓴 통통한 여자아이인 버네사가 그녀를 쳐다봤다. "거기 앉지 마." 그녀는 톡 쏘아 말했다.

"왜 안 돼? 아무도 여기 앉지 않았는데." 루비가 말했다. 버네사는 아무 말도 하지 않았다. 그녀는 그냥 노려보더니 다시 식사를 했다.

p.20~21

저녁식사 후에, 모두가 주 회의실에 모였다. 루비는 주머니에서 휴대전화를 슬며시 꺼내어 엄마에게 문자를 보내기 시작했다. *와서 저 좀 데려가 주세요.* 그녀가 썼다. *여기는 끔찍해요.* 그녀가 막 '보내기' 버튼을 누르려고 하는데 손 하나가 그녀의 뒤에서 쑥 내려왔다. "전화, 태블릿, 컴퓨터나 다른 전자 기기는 금지다." 남자 목소리가 말했다. "주말이 지나면 너는 그것을 다시 돌려받게 될 거다."

루비는 항의할 기회를 잡기도 전에 휴대전화를 빼앗겼다. 남자는 앞에 나가 섰다. "안녕, 여러분!" 그가 우렁차게 말했다. "내 이름은 매슈스 소령입니다. 여러분은 생존에 대해 배우기 위해 여기에 왔어요. 여러분은 또 자신감과 용기를 키우기 위해 이곳에 왔죠. 여러분은 네 명으로 된 팀에서 활동하게 됩니다. 각 팀은 두 명의 여학생과 두 명의 남학생으로 구성될 거예요."

p.22~23

매슈스 소령은 소리 내어 이름을 읽었다. 루비는 제임스와 케빈이라는 두 명의 남자아이들과 한 팀으로 배정되었다. 제임스는 아주 친절해 보였다. 그는 발그레한 볼에 환한 미소를 가졌다. "난 어떻게 하는지 다 알아." 제임스가 말했다. "전에 스카우트에서 전부 해봤거든." 케빈은 아무 말도 하지 않았다. 그는 계속 고개를 숙이고서는 누구도 쳐다보려 하지 않았다. "그리고 너희 팀의 네 번째 멤버는……" 매슈스 소령이 말했다. 이름이 불리자 루비는 신음 소리를 냈다. "…… 버네사!"

2장. 생존 기술들

p.26~27

다음 날 아침, 팀은 불 피우는 법과 그 불로 요리하는 법을 배웠다. 첫 번째 과제는 불을 피우기 위한 연료를 모으는 것이었다. 센터 주변에는 나무가 많았다. 나뭇가지와 잎을 찾기는 쉬웠다.

"너희들은 구부렸을 때 부러지는 마른 나뭇가지가 필요해." 홀리가 말했다. "만일 나뭇가지들이 너무 녹색을 띠고 축축하면 쉽게 불이 붙지 않을 거야. 만약 그 나뭇가지들에 불이 붙으면, 연기가 많이 생길 거야." 그들은 불을 피우기 위한 마른 나뭇가지를 충분히 찾았다. 홀리는 그들에게 나뭇가지들을 원뿔 모양으로 세우는 방법을 보여주었다. "이렇게 하면 산소가 많이 있게 된다는 뜻이야." 그녀가 말했다. "그게 불이 타는 걸 도와주지."

p.28~29

버네사가 시도해봤지만 나뭇가지들은 쓰러졌다. 그녀는 그것들을 사납게 발로 찼다. "버네사," 홀리가 주의를 주는 목소리로 말했다. "그렇게 행동할 필요는 없어. 생존에 관련될 때는 팀으로 일해야만 해. 네 생명이 거기에 달릴 수도 있어." "난 팀이 필요 없어요." 버네사가 화난 목소리로 말했다. "난 차라리 혼자 할래요."

케빈은 올바른 방식으로 나뭇가지 쌓는 것을 잘했다. "잘했어." 루비가 말했다. 케빈은 수줍게 그녀를 흘끗 쳐다보

고는 짧게 미소를 지었다. 그러더니 그는 멀리 있는 생존자의 봉우리 쪽으로 다시 시선을 돌렸다. 그것은 오늘 아침보다도 훨씬 더 험악해 보였다. 이제 그 정상은 구름 속에 숨겨져 있었다.

p.30~31

아이들은 연소의 3요소에 대해 배웠다. 그것들은 불이 계속 타오르는 데 필요한 세 가지였다. "그것들이 뭘까?" 홀리가 대답을 요구했다. "연료요." 버네사가 말했다. "산소요." 제임스가 말했다. "열이요." 루비가 말했다. 케빈은 아무것도 말하지 않았지만, 열심히 듣고 있었다.

"이제 발화기를 이용해서 불을 붙여야 해." 홀리가 발화기 하나를 루비에게 건넸다. 그것은 플라스틱과 두 조각의 금속으로 만들어져 있었다. 홀리는 불꽃을 만들

기 위해 어떻게 금속 조각 하나를 다른 쪽에 대고 긁는지 그녀에게 보여주었다. 루비는 불꽃을 계속해서 만들었지만, 그중 어느 것도 나뭇가지에 불붙지 않았다. "너는 쓸모가 없구나." 버네사가 투덜거렸다. "그러면 네가 해봐." 루비가 말했다. 하지만 버네사 역시 불을 붙일 수 없었다.

p.32~33

"우리는 좀 더 불에 잘 타는 뭔가가 필요해." 홀리가 말했다. 그녀는 작은 페트롤륨 연고 한 통을 케빈에게 건넸다. 그는 그녀의 지시를 따라 그것을 탈지면 조각 위에 문질렀다. 케빈은 페트롤륨 연고로 뒤덮인 탈지면 위 발화기에 불꽃을 냈다. 그것은 즉시 불이 붙었고 타오르기 시작했다. 루비는 얼굴에 와 닿는 온기를 즐기며 미소 지었다. 만약 버네사만 없었다면 이건 꽤 재미있었을 텐데, 하고 그녀는 혼자 생각했다.

아침 시간의 후반부는 피신처를 짓는 데 보냈다. 그들은 나뭇가지를 찾아야만 했다. 그들은 나뭇가지를 나무기둥이나 벽에 기대어 놓았다. 이것은 사람들이 잠을 잘 수 있는

마른 공간을 만들어 주었다. 하지만 나뭇가지들이 계속해서 쓰러졌다.

p.34~35

아이들은 또한 지도와 나침반을 써서 길을 찾아가는 것을 배웠다. 아침이 끝나갈 무렵에는 구름이 모여들고 있었

다. 마치 곧 비가 내리기 시작할 것처럼 보였다. 다가올 밤을 생각하자 루비는 가슴이 철렁했다.

그날 오후, 매슈스 소령은 모두를 함께 모았다. "여러분은 생존 기술과 방향을 찾는 방법을 배우면서 아침을 보냈습니다." 그가 말했다. "오늘 밤 여러분은 배운 내용을 실

제로 쓰게 될 것입니다. 각 팀은 야외에서 잠을 자게 될 거예요. 우리는 2제곱마일의 지역에 울타리를 쳤습니다. 여러분은 그 지역 안의 어디에든지 캠프를 세워도 돼요. 여러분이 그 울타리 안에 머무는 한, 여러분은 안전할 거예요." "맞아요. 우리는 누구도 생존자의 봉우리에 올라가는 것을 원치 않아요." 홀리가 웃었다. "우리는 여러분이 모두 무사히 돌아오길 바랍니다!"

p.36~37

"안전 지역을 순찰하는 어른이 몇 명 있을 거예요." 소령은 계속 말을 이어갔다. "만일 응급 상황이 발생하면 호루라기를 사용하세요." 그는 특별한 신호가 있다고 설명했다. 그것은 "도와주세요!"라는 의미였다. 그것은 국제조난신호였다. 전 세계의 사람들이 그것을 이해했다. "호루라기를 여섯 번 부세요." 소령이 말했다. "그러고 나서, 멈추고 들으세요. 가까이에 있는 어른이 자기 호루라기를 세 번 불 거예요. 여러분은 도움이 오고 있다는 걸 알 수 있을 겁니다."

각 팀은 네 개의 배낭을 받았다. 모든 배낭에는 방수가 되는 옷이 들어 있었다. 그것들 중 하나에는 발화기, 탈지면, 그리고 페트롤륨 연고가 들어 있었다.

p.38~39

거기에는 또한 물을 정화하는 정제약이 들어 있었다. "강물을 마시지 마세요." 소령이 경고했다. "거기에는 여러분을 병들게 할 수 있는 세균들이 있어요. 여러분은 물에 정제약을 넣어야만 합니다. 적어도 30분 동안 그대로 두세요. 그러고 나면, 물은 마시기에 안전할 거예요."

팀들은 손전등을 받았다. 그들은 또한 두꺼운 비닐로 만들어진 커다란 주황색 봉투를 하나 받았다. *서바이벌 백*이라고 그 위에 인쇄되어 있었다. 제임스

는 그것을 종이 한 장 크기로 접었다. 그는 그것을 루비에게 주었고, 그녀는 그것을 자기 배낭 안에 쑤셔 넣었다. 그들은 동결 건조된 닭고기와 파스타를 몇 갑 받았다. 그들은 거기에 물을 부어야만 할 것이다. 그러고 나면, 그것들을 먹을 수 있을 것이다.

p.40~41

루비, 케빈, 그리고 버네사는 각자 배낭을 짊어졌다. 제임스는 네 번째 배낭을 멘다. 거기에는 불을 만드는 물건들이 들어 있었다. 거기에는 또한 물 정제약이 들어 있었다. 루비의 팀이 첫 번째로 출발하는 팀이었다. "너희는 캠프를 세우기 전에 세 군데의 검문소를 발견해야만 해." 홀리가 말했다. "이것은 너희의 방향 찾는 기술을 시험하기 위한 거야. 난 너희보다 먼저 가서 첫 번째 검문소에서 기다릴 거야. 만약 길을 잃으면 호루라기를 불도록 해." 홀리는 큰 걸음으로 성큼성큼 가버렸다.

3장. 안개 속의 두려움

p.44~45

루비는 지도를 사용하는 것에 꽤 능숙했다. 그녀는 그날 아침에 주의를 기울여서 들었던 것이다. 그녀는 어느 방

향으로 가야 할지 알았다. 하지만 잠시 후에 버네사가 그녀의 손에서 그것을 낚아챘다.

"내가 대장이야." 그녀가 말했다. "제임스가 부대장이고." 제임스는 마지못해 고개를 끄덕였다. "좋아." 그가 말했다. "케빈하고 나는?" 루비가 물었다. 하지만 버네사는 듣고 있지 않았다. 그녀는 당당하게 걸

어가 버렸고, 제임스는 빠른 걸음으로 그녀를 따라 갔다. "저 애가 잘못된 길로 가고 있는 것 같아." 루 비는 그들을 따라가면서 중얼거렸다. 케빈은 아무 말도 하지 않았다.

p.46~47
아이들은 약 30분 동안 걸었다. 두꺼운 회색 안개가 그들 주위로 내려앉았다. 그것은 모든 것을 덮었다. "우리는 지금쯤 첫 번째 검문소에 도착했어야 해." 제임스가 말했다. "우리는 지금 어디에 있는 거야?" 그 주말 최초로 버네사는 확신이 없는 듯 보였다. "모르겠어." 그녀가 인정했다. 그들은 모두 주위를 둘러 보았지만, 안개 때문에 아무것도 볼 수 없었다. "호루라기를 불어서 도움을 청하자." 루비가 제안했 다. "그건 비상시를 위한 거잖아." 버네사가 쏘아붙 였다. "그렇게 아기처럼 굴지 마."

p.48~49

잠시 후에, 그들은 울타 리에 도착했다. "여기는 안전 구역의 가장자리 임이 틀림없어." 제임스 가 말했다. 버네사가 그 위로 타고 넘어갔다. "잠깐!" 루비가 말했다. "우리가 그쪽에 가는 건 허락되지 않았잖아." "그래서 네가 아기라는 거야." 버네사가 말했다. "적절한 생존 훈 련을 하고 싶지 않니? 어른들이 항상 우리를 감시하 는 걸 원하는 사람 누구 있어?"
제임스는 얼굴이 붉어졌다. "난 원하지 않아." 비록 확신이 있는 목소리로 들리진 않았지만, 그가 말했 다. 케빈은 격렬하게 고개를 저었다. 루비는 그가 울 타리를 넘어서는 안 된다고 말하는 것인지, 아니면 그가 어른들이 감시하는 걸 원하지 않는다고 말하는 것인지 확실히 알 수는 없었다. 하지만 그녀는 혼자 서만 겁먹은 사람이 되고 싶지는 않았다. "오, 알겠

어." 그녀는 한숨지었다. 어쨌든 그들은 호루라기를 불기만 하면 됐고, 도움이 올 것이었다. 그들은 캠핑 하기 좋은 장소를 찾고 불을 피울 수도 있을 것이었 다.

p.50~51

끝없는 비가 내리기 시 작했다. 그 팀은 캠핑하 기 좋은 장소를 찾아 계 속해서 걸었다. 루비는 끈적끈적한 진흙투성이 늪에 발이 빠졌다. 제임스가 그녀를 빼내기 위해 배 낭을 벗었고 그들 모두 다시 출발했다.
잠시 후에, 루비는 그들이 숲을 가로질러 오르막길 로 가고 있다는 사실을 깨달았다. 길은 점점 더 가팔 라지기만 했다. "돌아가자." 제임스가 말했다. "나는 울타리로 다시 돌아가고 싶어." 그들은 돌아섰지만 안개가 너무 짙었다. 그들은 어느 길로 가야 할지 알 수 없었다. "잠깐만." 루비가 말했다. "나무들이 있는 언덕은 딱 하나야." "생존자의 봉우리!" 버네사가 숨 을 몰아쉬었다.

p.52~53
그녀는 루비에게 더 가까이 다가섰다. "만약 우리 가 벼랑 끝으로 곧장 걸어가면 어쩌지?" "호루라기 를 불자." 루비가 말했다. 이번에는 버네사가 동의했 다. "그거 누가 가지고 있지?" 그녀가 말했다. "내 배 낭에 있어……" 제임스 가 말했지만, 그의 얼굴 은 하얗게 질렸다. "오, 안 돼! 늪에 빠진 루비 를 구하려고 배낭을 벗 었는데, 그걸 거기에 두고 왔어!"

다 함께, 그들은 목소리를 높여 소리를 질렀다. 그들 은 소리를 지르고 또 질렀지만, 거기에 답하는 외침 은 없었다. 그들은 지금까지 꽤 오래 야외에 나와 있 었고, 슬금슬금 밤이 그들에게 다가오고 있었다. "우 리 어떡하지?" 버네사가 훌쩍이며 말했다. 그녀는 루비에게 너무나 바짝 다가와 있어서, 그들의 팔이 거의 맞닿아 있었다. "나 무서워." "우리는 은신처를

만들고 불을 피워야 해." 루비가 단호히 말했다. "우리는 불을 피울 수 없어." 제임스가 말했다. "발화기가 내 가방 안에 있어."

p.54~55

케빈이 미소를 짓고서는 루비의 어깨를 톡톡 두드렸다. 그는 주머니에서 뭔가를 살그머니 꺼냈다. 발화기였다! 하지만 그것은 탈지면과 페트롤륨 연고가 없으면 아무 소용이 없었다. "잠깐." 버네사가 말했다. "나한테 립밤이 있어. 그것으로 해보자." 제임스는 그의 외투에서 약간의 충전재를 뽑아냈다. 그들은 불을 피우기 위해 나뭇가지를 모으고 외투 충전재에 립밤을 문질렀다. 케빈은 첫 번째 시도로 겨우 불을 피울 수 있었다!

p.56~57

"이제 우리는 피신처가 필요해." 루비가 말했다. 다 함께, 그들 넷은 나무 기둥 쪽으로 나뭇가지들을 끌고 갔다. 그들은 주황색 서바이벌 백을 땅에 폈다. 그러고 나서, 그들은 나뭇가지들을 나무 기둥에 기대어 놓았다. 버네사가 몇몇 양치식물을 발견하고 그것들을 나뭇가지에 걸쳤다. 그들은 은신처 옆 불 가까이에 옹송그리며 모여앉았다.

"배고프다." 제임스가 말했다. "적어도 우리한텐 아직 음식이 있어. 그것을 먹자." "그럼 물이 필요해." 루비가 말했다. "누가 정제약을 가지고 있지?" "그것도 내 배낭에 있었어." 제임스가 말했다. "그러면 다른 방법으로 물을 정화해야겠네." 루비가 말했다. "오늘 아침에 우리가 들은 거 기억나니?" 제임스가 고개를 끄덕였다. "물을 불 위에 놓고 끓이는데, 5분 동안 계속 끓게 두어야 해."

p.58~59

그래서 다음 임무는 물을 찾는 것이었다. "우리가 여기 있게 된 건 내 잘못이야." 버네사가 말했다. "내가 갈게." 루비는 귀를 기울였다. 그녀는 아주 희미한 물 흐르는 소리를 들은 것 같았다. "내가 같이 갈게." 그녀가 말했다. "혼자 가기에는 너무 위험해." 그녀는 자신의 배낭에서 손전등을 꺼냈다. 이제 안개가 걷히기 시작하고 있었다. 소녀들은 하늘에 뜬 몇 개의 별도 볼 수 있었다. 손전등은 그들이 폭포 가장자리로 가는 길을 볼 수 있게 해주었다.

그들이 있는 곳에서 5미터 정도 아래에, 물이 빠르게 흘러 강으로 떨어지고 있었다. "조심해." 루비가 경고했다. 하지만 너무 늦었다. 버네사의 발은 젖은 이끼 조각 위에서 미끄러졌다. 날카로운 비명과 함께 그녀는 앞으로, 폭포의 가장자리 너머로 떨어졌다.

p.62~63

"버네사?" 루비가 소리쳤다. "너 괜찮니?" 아래쪽 어딘가 어둠 속에서 신음 소리가 들려왔다. 루비는 두 번 생각하지 않았다. "내가 내려갈게." 그녀가 말했다. 그녀는 손전등을 그녀의 벨트에 끼웠다. 그것은 아래쪽을 가리켰다. 그녀는 숨을 깊이 들이쉬고 바위 가장자리 쪽으로 몸을 굽혔다.

p.64~65

그녀의 아빠는 그녀가 더 어렸을 때 등산하는 것을 가르쳐 주었다. 이제, 그녀는 배웠던 모든 것을 기억해내기 위해 노력했다. "세 지점은 계속 바위에 닿아 있어야 해." 그녀는 혼잣말을 했다.

"두 손과 발 하나, 혹은 두 발과 손 하나. 한 번에 하나만 움직여." 천천히, 주의 깊게, 그녀는 내려갔다. "버네사?" 그녀가 소리쳤다. "나 여기 있어." 버네사가 떨리는 목소리로 말했다. "너 다쳤니? 올라갈 수 있겠어?" "머리에서 피가 나고 있고 안경이 깨졌어. 다리는 괜찮지만 올라갈 순 없을 것 같아. 너무 무서워." 그들은 함께 도와달라고 외쳤다. 하지만 대답은 아무것도 들을 수 없었다. 그들은 그들 아래 있는 물소리가 너무 커서 아무

도 그들의 소리를 듣지 못한다고 생각했다. "괜찮아, 버네사." 루비가 말했다. "같이 하면 할 수 있어."

p.66~67

천천히, 주의 깊게, 여자아이들은 폭포 측면으로 다시 힘겹게 올라갔다. 달빛이 젖은 바위를 비추었다. 루비는 버네사의 손과 발을 잡고 알맞은 곳에 놓아주어야 했다. 그러는 내내 그녀는 아래에서 물이 요란하게 흘러가는 소리를 들었고, 떨어지지 않기를 바랐다. 마침내, 두 여자아이들은 꼭대기에 도착했

다. 제임스와 케빈이 그들을 끌어올리기 위해 그곳에 있었다. 그들은 결국 외치는 소리를 들었던 것이다.

버네사는 완전히 젖어 있었다. 그녀는 몸을 떨었고, 이가 딱딱 맞부딪히기 시작했다. "그 애를 불 가까이 옮기자." 루비가 말했다.

"저체온증에 걸릴지도 몰라." 다같이 그들은 버네사가 불과 피신처 쪽으로 가도록 도왔다.

p.68~69

"그 애의 젖은 옷을 벗겨야 해." 루비가 말했다. 그녀는 버네사가 옷을 벗는 것을 도왔다. 그러고 나서 그녀는 버네사에게 자신의 양털 재킷을 주었다. 제임스가 서바이벌 백을 들어 올렸다. 버네사가 그 안으

로 들어갔고, 루비도 들어갔다. 그녀는 가능한 한 버네사와 가깝게 누웠다. 그녀는 두 팔로 버네사를 감쌌다. 루비의 체온과 불의 온기가 버네사를 따뜻하게 하는 데 도움이 되었다. 그녀는 몸을 떠는 것을 멈췄다.

케빈은 루비에게 뭔가 말하고 싶은 것처럼 그녀의 어깨를 톡톡 쳤다. "무슨 일이야?" 그녀가 물었다. 대답으로 그는 나뭇가지를 하나 집어 들고서는 땅 위에 메시지를 긁어 적었다. 도움을 청할게라고 쓰여 있었다.

그는 그녀에게 엄지손가락을 들어 올려 잘 될 거라는 신호를 주고서는, 나무들 사이로 급히 빠져나갔다.

p.70~71

버네사는 울기 시작했다. "너한테 그렇게 못되게 굴었던 거 미안해." 그녀가 흐느꼈다. "난 평소에는 절대 그렇지 않아." "그런데 왜 그랬니?" 루비는 이제 버네사가 안쓰러웠다. "학교에선 항상 모두가 나한테 못되게 굴어. 이번 주말 동안만이라도 뭔가 달라지기를 바랐어. 난 그게 어떤 느낌인지 알고 싶었어." 루비는 미소를 지었다. "어떤 느낌이었는데?" "끔찍했어," 버네사가 코웃음을 쳤다. "우리가 함께 할 때가 훨씬 더 좋아."

여자아이들과 제임스는 타닥거리는 불을 응시했다. 그들은 자기도 모르게 선잠이 들었다. 루비는 어른들이 외치는 소리를 듣고는 움찔하며 잠에서 깼다. "우리 여기 있어요!" 그녀가 소리쳤다.

p.72~73

잠시 후에, 홀리와 매슈스 소령이 나무 사이로 서둘러 달려왔다. 케빈이 길을 안내하며 그들을 앞장서서 달렸다. "너희들을 발견해서 정말 다행이다!" 홀리는 숨을 헐떡거렸다. "모두가 너희를 찾으러 나와

있어.”
“우리를 어떻게 발견하셨어요?” 루비가 물었다. “케빈이 절벽 가장자리에 있는 망보는 곳을 찾았어.” 홀리가 설명했다. “그가 거기서 신호로 불을 붙였지. 우리는 어둠 속에서 그걸 봤어. 너희가 생존자의 봉우리에 있다는 것을 깨닫고는 믿을 수 없었단다. 우리는 불 쪽을 향해 걸었고 거기서 가능한 한 크게 불을 만들고 있던 케빈을 발견한 거야.”

우면 되고, 나는 버네사를 좀 더 치료하기 위해 센터로 데려갈 거야. 그런 다음, 그 애가 충분히 괜찮아지면 그 애가 와서 남은 밤 동안 너희와 합류할 수 있어. 나도 같이 머물 거고.” 매슈스 소령은 확신이 없어 보였다. “제발요?” 루비가 사정했다. “우리는 어떻게 불을 피우고 좋은 피신처를 만드는지 알아요.”
매슈스 소령은 고개를 가로저었지만 동시에 미소 짓고 있었다. “좋아,” 그가 말했다. “너희는 그럴 만한 자격이 있다.” “결국, 우리는 생존자의 봉우리에서 살아남았잖아요!” 루비가 말했다.

p.74∼75

케빈은 미소를 짓고 고개를 끄덕였다. “난 네가 바보라고 생각했어, 케빈.” 버네사가 고백했다. 그녀는 팔을 뻗어서 그의 손을 잡았다. “내가 정말 잘못 생각했어!” “내 생각에는 우리 모두 많은 것을 잘못했던 것 같아.” 루비가 말했다.
매슈스 소령의 벨트에 달린 무전기에서 치직 소리가 났다. “자, 얘들아.” 그는 말했다. “우리는 너희 모두를 센터로 다시 데려갈 거야. 너희 모두를 위한 따뜻한 침대가 준비됐을 거라고 생각한다!” 버네사와 루비는 서로를 쳐다보았다. “제 생각엔, 이곳 야외에서 머무르는 게 재미있을 것 같은데요.” 루비가 천천히 말했다. “버네사는 머물 수 없어.” 소령이 말했다. “부상을 입었잖니.” “작은 자상이랑 멍들뿐이지만.” 홀리가 말했다. “내가 구급상자를 가져왔어. 내가 그 애를 치료할게.” “저 이젠 괜찮아요.” 버네사가 말했다. “기분 좋고 따뜻하고요.”

p.76∼77

“우리 없이 그 애를 데려가실 순 없어요.” 루비가 항의했다. “우리는 한 팀으로 시작했고, 한 팀으로 머물고 싶어요.” “알아,” 홀리가 말했다. “울타리 안, 안전한 지역으로 내려가자. 너희는 거기서 캠프를 세

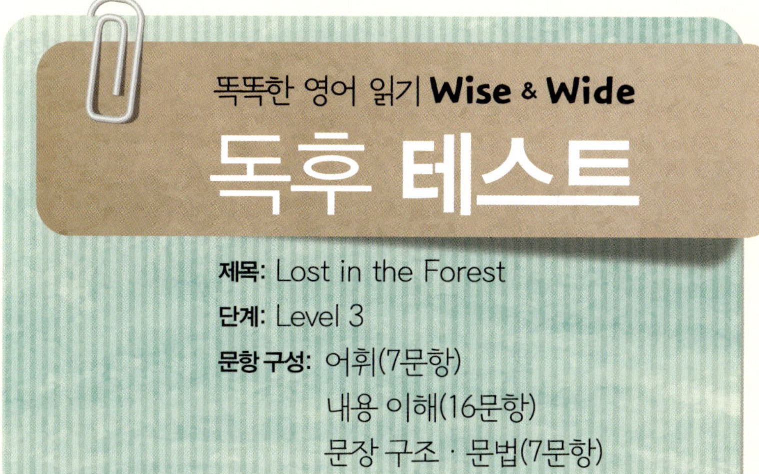

❖ 독후 테스트는 홈페이지(www.darakwon.co.kr)에서 온라인으로도 풀어보실 수 있습니다.
이 경우 점수와 응시 결과에 대한 평가까지 확인하실 수 있습니다.
추가로 제공되는 단어 퀴즈도 풀어보세요.

1. 다음 중 descend의 뜻을 가장 잘 설명한 것은 무엇인가요?

   ① to listen
   ② to rescue
   ③ to move upward
   ④ to move downward

2. 다음 중 아래 문장에 나온 flammable이 의미하는 것은 무엇인가요?

   > Petroleum jelly is "flammable."

   ① sticky
   ② rocky
   ③ producing oxygen
   ④ catches fire easily

3. 다음 중 동사의 과거형 중 <u>틀린</u> 것은 무엇인가요?

   ① lay – laid
   ② light – lought
   ③ drink – drank
   ④ bend – bent

4. 다음 중 아래의 문장과 뜻이 같은 것은 무엇인가요?

   > James nodded reluctantly.

   ① He was happy when he nodded.
   ② He nodded very fast.
   ③ He didn't really want to nod.
   ④ He thought about it first before he nodded.

※ 우리말을 영어로 옮길 때 빈칸에 알맞은 단어를 고르세요. (5~7)

5.

만약 그것들이 불에 탄다면 많은 연기를 만들어낼 것이다.
→ If they do burn, they will ___________ a lot of smoke.

① press ② protest
③ explain ④ produce

6.

루비는 끈끈한 진흙투성이 늪에 발이 빠졌다.
→ Ruby got her foot ___________ in a sticky, muddy bog.

① pulled ② stuck
③ convinced ④ stepped

7.

"너에게 못되게 굴어서 미안해." 그녀는 흐느꼈다.
→ "I'm sorry for being so horrible to you," she ___________.

① snorted ② snatched
③ sobbed ④ mumbled

8. 아빠는 왜 주말 활동이 루비에게 좋은 영향을 줄 것으로 생각했나요?

① He thought that she wasn't confident enough.
② He thought that she didn't get outside enough.
③ He thought that she needed to meet more people.
④ He thought that she spent too much time shopping.

9. '생존자의 봉우리'라는 이름은 어떻게 생겨났나요?

　① Nobody had ever managed to climb it.

　② Everyone who had climbed it had died.

　③ Only one person had survived in a team of climbers.

　④ It was named after the person who had first discovered it.

10. 생존자의 봉우리에서 사람들은 어떻게 죽었나요?

　① People had died of hypothermia.

　② People had slipped into ice caves.

　③ People had fallen down steep cliffs.

　④ People had drunk dirty water.

11. 루비는 누구에게 문자 메시지를 보내려고 했나요?

　① Mom

　② Dad

　③ Holly

　④ Vanessa

12. 초록빛을 띤 나뭇가지가 불을 피우는 데 적합하지 <u>않은</u> 이유는 무엇인가요?

　① They would burn too easily.

　② They would break too easily.

　③ They would not burn easily.

　④ They would not produce smoke easily.

13. 홀리가 버네사에게 팀으로 일해야 한다고 말한 이유는 무엇인가요?

　① Her life could depend on it.

　② It would make her life easier.

　③ She would win a prize at the end of the day.

　④ She would get sent home if she didn't work with the other children.

14. 다음 중 연소의 3요소에 해당하지 <u>않는</u> 것은 무엇인가요?

　① fuel

　② heat

　③ water

　④ oxygen

15. 주인공들이 불을 피우는 데 사용한 것은 무엇인가요?

　① a match

　② a firesteel

　③ a compass

　④ a burning piece of paper

16. 주인공들은 피신처를 만드는 데 무엇을 사용했나요?

　① branches

　② rocks

　③ leaves

　④ earth

17. 매슈스 소령이 위급 시 사용하라고 말한 것은 무엇인가요?
    ① a fire
    ② a whistle
    ③ a flashlight
    ④ a cell phone

18. 버네사는 왜 울타리를 넘어갔나요?
    ① She thought that it was the way to the first checkpoint.
    ② She didn't know that it marked the edge of the safe area.
    ③ She wanted to do survival training without any adults around.
    ④ She knew that there was a good place to camp on the other side.

19. 제임스는 왜 배낭을 벗었나요?
    ① to help Ruby
    ② to light a fire
    ③ to get a drink
    ④ to put on a waterproof coat

20. 버네사가 스스로 물을 찾으러 가겠다고 한 이유는 무엇인가요?
    ① She had found a river on the map.
    ② She did not trust anyone else to find the water.
    ③ She thought she could hear better than anyone else.
    ④ She thought that it was her fault that they were lost.

21. 버네사는 왜 루비에게 못되게 굴었나요?

   ① She was jealous of Ruby.

   ② Ruby had been mean to her.

   ③ Other people had been mean to her.

   ④ Ruby had been mean to James and Kevin.

22. 케빈은 어떻게 어른들에게 도움을 요청할 수 있었나요?

   ① He had blown the whistle.

   ② He had used a walkie-talkie.

   ③ He had walked back to the center.

   ④ He had lit a fire on the edge of a cliff.

23. 매슈스 소령은 왜 버네사가 야영을 하면 안 된다고 생각했나요?

   ① She had an injury.

   ② She did not follow the instructions.

   ③ She was not a good team member.

   ④ She had been unkind to other people.

※ 우리말을 영어로 옮긴 것 중 **틀린** 부분을 고르세요. (24~27)

24.

그곳에는 대략 스무 명 정도의 아이들이 있었던 것이 분명했지만, 그들은 백 명은 되는 것처럼 시끄럽게 떠들었다.

→ There must have be around twenty children there, but they made
      ①   ②   ③   ④

enough noise for a hundred.

25.

제임스는 네 번째 배낭을 멨다.
→ James carried a fourth backpack.
   ① ② ③   ④

26.

우리가 함께 일할 때가 훨씬 더 좋다.
→ It's very nicer when we work together.
  ① ② ③ ④

27.

이제 그녀는 그녀가 배웠던 모든 것을 기억해내기 위해 노력했다.
→ Now, she tried to remember everything what she had learned.
     ① ②   ③   ④

※ 우리말을 영어로 바르게 옮긴 것을 고르세요. (28~30)

28. 루비는 제임스와 케빈이라는 두 명의 남자아이들과 같은 팀으로 배정되었다.

① Ruby was putted with two boys called James and Kevin.
② Ruby was put with two boys called James and Kevin.
③ Ruby putted with two boys called James and Kevin.
④ Ruby have be put with two boys called James and Kevin.

29.

① We know how to make a fire and a good shelter.
② We know what to make a fire and a good shelter.
③ We know when to make a fire and a good shelter.
④ We know who to make a fire and a good shelter.

30.

① The way become steeper.
② The way became steep.
③ The way was steep and steep.
④ The way became steeper and steeper.

✤ 정답과 해설은 홈페이지(www.darakwon.co.kr)를 통해 확인하세요.

Sarah J. Dodd 선생님은…
현재 영국에 거주하시는 베테랑 초등 교사이자 작가이십니다. 호주에서도 수 년간 교직 생활을 하셨습니다. 과학 분야 박사 학위와 문예 창작 자격증을 가지고 계십니다. 대표 작품으로는 An Angel Anyway와 Little Angels 시리즈, The Lion Picture Bible, Legs: the tale of a meerkat lost and found 등이 있습니다. 선생님의 동시가 시 선집 Let in the Stars에 수록되어 출간되기도 했습니다. 이외에도 유아들을 위한 그림책과 청소년들을 위한 소설을 집필하고 계십니다.

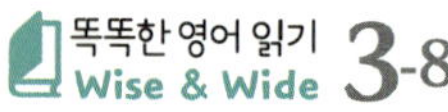

숲에서 길을 잃다
Lost in the Forest

지은이 Sarah J. Dodd
펴낸이 정규도

초판 1쇄 인쇄 2017년 2월 3일
초판 1쇄 발행 2017년 2월 10일

편집장 최주연
책임편집 김명진, 최주연, 박지영, 장경희
표지·본문 디자인 이은희
전산편집 엘림
일러스트 김지영(몽하)
번역 김지은

다락원 경기도 파주시 문발로 211
내용문의 (02)736-2031 내선 510
구입문의 (02)736-2031 내선 250~252
Fax (02)732-2037
출판등록 1977년 9월 16일 제300-1977-23호
Copyright © 2017, 다락원

ISBN 978-89-277-0422-5 18740 / 978-89-277-0371-6 18740(set)

http://www.darakwon.co.kr
다락원 홈페이지를 방문하시면 상세한 출판 정보와 함께 MP3 자료 등 다양한 어학 정보를 얻으실 수 있습니다.